Paris
1829

Cournol, Hippolyte

Le Majorat

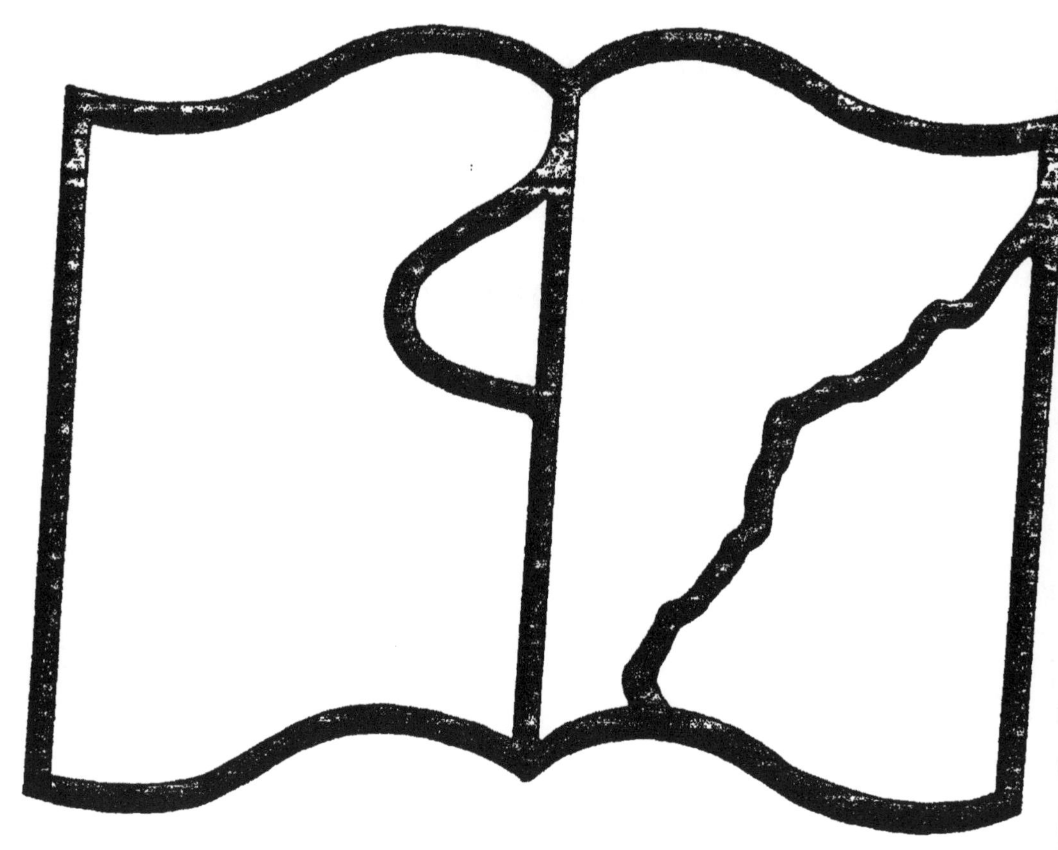

**Symbole applicable
pour tout, ou partie
des documents microfilmés**

Texte détérioré — reliure défectueuse

NF Z 43-120-11

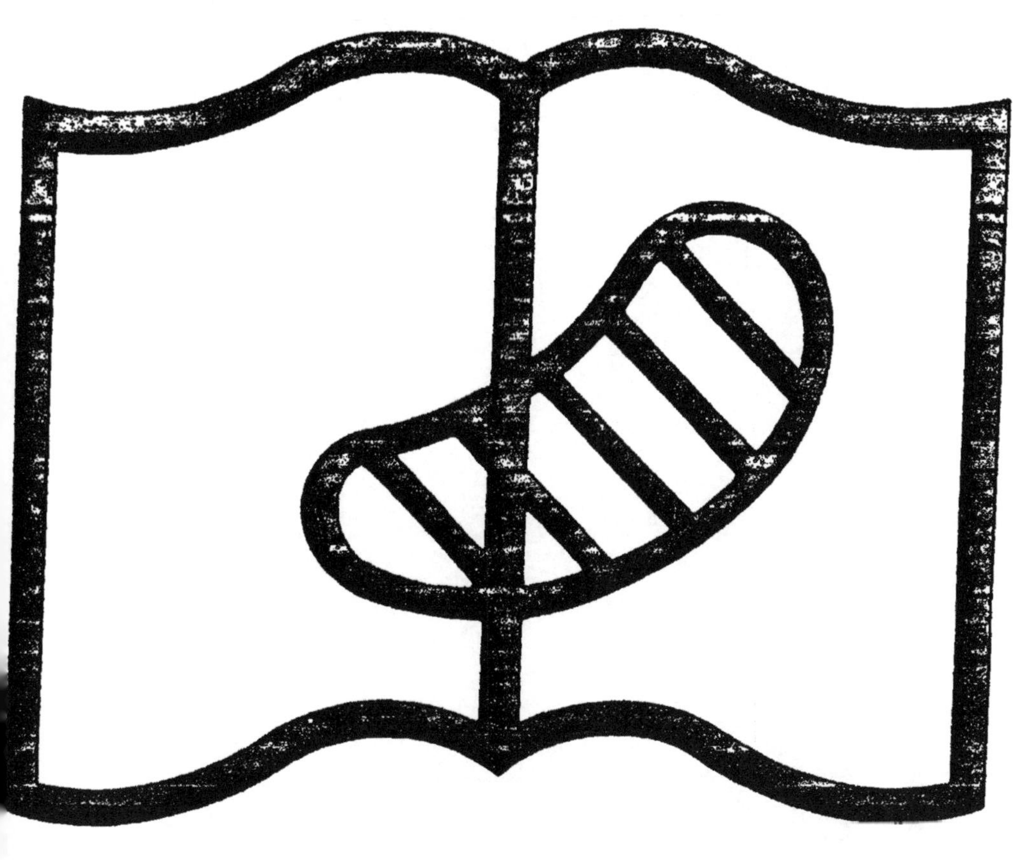

**Symbole applicable
pour tout, ou partie
des documents microfilmés**

Original illisible

NF Z 43-120-10

LE MAJORAT,

DRAME

EN CINQ ACTES ET EN VERS,

DE M. HIPPOLYTE COURNOL.

Représenté sur le Théâtre Français, par les Comédiens
ordinaires du Roi, le mercredi 23 septembre 1829.

PARIS,

J.-N. BARBA, ÉDITEUR,

PALAIS-ROYAL, DERRIÈRE LE THÉÂTRE FRANÇAIS.

1829

LE MAJORAT,

DRAME.

IMPRIMERIE DE H. FOURNIER, RUE DE SEINE, Nº 14.

LE MAJORAT,

DRAME

EN CINQ ACTES ET EN VERS,

DE M. HIPPOLYTE COURNOL.

REPRÉSENTÉ SUR LE THÉATRE FRANÇAIS, PAR LES COMÉDIENS ORDINAIRES DU ROI, LE MERCREDI 23 SEPTEMBRE 1829.

PARIS,

J.-N. BARBA, ÉDITEUR,

PALAIS-ROYAL, DERRIÈRE LE THÉATRE FRANÇAIS.

1829

PERSONNAGES.

M. FRÉMONT.	M. Desmousseaux.
Mme FRÉMONT.	Mme Desmousseaux.
FERDINAND, leur fils aîné, capitaine de cavalerie.	M. David.
HENRI, leur second fils.	M. Menjaud.
AMÉLIE, leur nièce.	Mlle Brocard.
UN Domestique.	M. Faure.

La scène est à Paris.

Le théâtre représente un salon donnant sur un jardin,

LE MAJORAT,
DRAME.

ACTE PREMIER.

SCÈNE PREMIÈRE.

AMÉLIE , HENRI.

AMÉLIE.

En vérité, Henri, je ne saurais m'en taire.
Je ne vous connais plus; oui, votre caractère,
Jadis si doux , devient, de moment en moment ,
Plus prompt, plus irascible...

HENRI.

       Amélie, eh! comment
Supporter, sans me plaindre, et sans blâmer mon père,
L'aveugle préférence accordée à mon frère ?
En est-il digne au moins?

AMÉLIE.

      En seriez - vous jaloux?

HENRI.

Oui certes, je le suis , et ne puis, sans courroux,
Me voir ravir ainsi l'amitié paternelle ,

1

Lorsque je n'ai rien fait pour être privé d'elle.
Sans relâche occupé des soins de mon état,
Je consume mes jours dans un travail ingrat,
Sans que jamais mon père à ma persévérance
Accorde un mot d'éloge au moins pour récompense.
Bien plus, loin d'applaudir à mes constans efforts,
Il semble toujours prêt à m'en faire des torts,
Et le commerce enfin , source de sa fortune,
Lorsqu'il veut s'anoblir, le blesse et l'importune.
Mais le fils bien-aimé, le brillant Ferdinand,
Dans de nobles salons sans cesse promenant
Et son riche uniforme et l'inutile vie
Qu'il perd, et qu'il devrait vouer à sa patrie ,
Quoi qu'il fasse , est toujours sûr de l'impunité.
Ses plaisirs fastueux , sa prodigalité,
Déjà de la maison tarissant l'opulence ,
De jour en jour encore en attaquent l'aisance,
Sans dessiller les yeux de son père enchanté.
Que dis-je? de ce père enflant la vanité,
Ils redoublent encor son aveugle tendresse,
Et le prix est tout prêt , ce sera la noblesse !

AMÉLIE.

Un titre est glorieux lorsqu'il est mérité ;
Il n'est plus qu'un hochet de la frivolité ,
Alors que de la brigue il devient le partage.
Laissez à Ferdinand le stérile avantage
D'honorer ses défauts du titre de baron,
Et vous , par vos vertus, honorez votre nom.

HENRI.

Qu'il obtienne ce titre où son orgueil aspire ,
S'il y met son bonheur, vous m'y verrez souscrire.
Mais jamais, non jamais, rien ne peut l'excuser
Des chagrins que son cœur n'a pas craint de causer
A notre mère... Hélas ! une mère adorable,
Et que mille vertus lui rendaient respectable !
Oui, j'en appelle à vous , vous qui la connaissez ,
Quel éloge flatteur peut la louer assez?
Où trouver, dites-moi, cette bonté charmante ,
Cet esprit élevé, cette raison puissante ,
Cet art de nous convaincre ou de nous attendrir ?
Comment approcher d'elle et ne la pas chérir?
Et cependant d'un fils , d'un époux méconnue,
Nourrissant en secret un chagrin qui la tue,
Sans gémir, sans se plaindre , elle meurt lentement!..
En vain elle se tait; je connais son tourment,
Et, des maux qu'elle souffre aussi malheureux qu'elle ,
A mon cœur comme au sien sa douleur est mortelle.

AMÉLIE.

Je ne saurais blâmer un si tendre lien ;
Mais pour vous, mon ami, ne suis-je donc plus rien?

HENRI.

Vous, Amélie ! ah! Dieu ! vous, qui m'êtes si chère !

AMÉLIE.

Je le suis pourtant moins que ne l'est votre mère!..

HENRI.

Et pourquoi distinguer des sentimens si doux ?

Mon cœur, tout à ma mère, est aussi tout à vous.
Laissez-moi réunir son image et la vôtre,
Et d'une égale ardeur vous chérir l'une et l'autre.
Ce partage, Amélie...

AMÉLIE.

         Il ne peut me blesser,
Et je m'en applaudis, loin de m'en offenser.
Tout ce qu'on doit, Henri, d'amour à votre mère,
Qui le sait mieux que moi, moi, fille de son frère,
Qui reçois chaque jour, de ses soins assidus,
La leçon des talens et celle des vertus?
Sa bonté, m'accueillant jeune et faible orpheline,
Fit de moi votre sœur plus que votre cousine;
Votre mère est la mienne, et ma vive amitié
A dans ses longs ennuis mis mon cœur de moitié.
Mais je sais imiter sa pieuse constance,
Me résigner comme elle, et souffrir en silence.
Craignez, Henri, craignez que vos emportemens,
Loin de les soulager, n'aggravent ses tourmens.
Songez que leur auteur est pour vous respectable.

HENRI.

Plus que mon père encor Ferdinand est coupable.
Il me blesse, il m'irrite; et mon juste courroux
Souffre mal ses mépris pour ma mère et pour vous.
Aspirant de noblesse, il a pris par avance
D'un bourgeois anobli la morgue et l'arrogance.
Ah! je ne réponds pas d'endurer plus long-temps
Sa fierté déplacée et ses airs insultans.

SCÈNE II.

LES MÊMES, Mme FRÉMONT.

Mme FRÉMONT.

Henri, que dites-vous? quelle est cette menace?

HENRI.

Ma mère, ah! pardonnez. Mais quelle ame de glace,
Tranquille, eût dévoré tant d'affronts, de mépris?
Est-il mon frère encor, n'étant plus votre fils?

Mme FRÉMONT.

Mon fils? il l'est toujours.

HENRI.

Il a cessé de l'être
Du jour qu'il méprisa le sein qui l'a fait naître.

Mme FRÉMONT.

Dans son égarement il a pu m'offenser....
Me mépriser!... Un fils!... Je ne puis le penser,
Non... il m'aime toujours... du moins je veux le croire.
Avant qu'il fût bercé de ces rêves de gloire,
Il était bon, sensible, aimant et généreux....
Que dis-je? il l'est encore!.. Un travers malheureux,
Eveillant son orgueil, excitant ses caprices,
Lui donna des défauts, mais il n'a pas de vices...
Ah! ne nous hâtons pas d'accuser nos enfans!
Trop souvent leurs défauts sont le tort des parens.

AMÉLIE.

Oui, le mal est venu d'un excès de tendresse.

Je me souviens du jour où , fier de sa richesse,
Mon oncle abandonna ses nombreux ateliers.
Je vois encor les pleurs des pauvres ouvriers :
Long-temps, vous disaient-ils, vous fûtes notre mère,
Puissiez-vous être heureuse !.. Hélas ! ce vœu sincère,
Tout semblait présager qu'il serait exaucé...
Depuis ce triste jour le bonheur a cessé.

HENRI.

Déjà depuis long-temps je n'avais plus de père ;
Ce jour encor m'ôta l'amitié de mon frère :
Jour fatal, que de fois , hélas! je t'ai maudit!

Mme FRÉMONT.

On porte le cachet du temps où l'on naquit.
Nos premiers sentimens , nos préjugés d'enfance
Sur nous, toute la vie, étendent leur puissance ,
Et contre eux la raison est d'un faible secours.
Vous blâmez mon époux!.... Il est né dans des jours
Où le nom était tout; la noblesse, vénale,
Etait l'ambition unique et générale,
Et, pour fonder leur nom , les bourgeois anoblis
Transmettaient tous leurs biens à l'aîné de leurs fils.
Tel dut être en effet le sort de votre père;
Sa jeunesse autrefois rêva cette chimère.
Votre aïeul , enrichi par d'utiles travaux ,
Allait et s'anoblir et goûter le repos. ..
Vain espoir ! Dans nos temps de trouble et d'anarchie
Il perdit à la fois sa fortune et la vie,
Et votre père alors , forcé par le malheur,

A l'état paternel revint à contre-cœur;
Il se fit commerçant... Mais toujours la noblesse
Fut le but de ses vœux bien plus que la richesse.
C'est le tort de son temps plutôt que de son cœur.
Il t'aime, mon cher fils; et si, dans son erreur,
Entraîné malgré lui vers le fils qu'il préfère,
D'un cœur plus paternel il accueille ton frère,
. Respecte sa faiblesse, et cherche à rappeler
Ce cœur dont tu gémis de te voir exiler.

HENRI.

Ah! sans votre bonté, sans votre patience,
Il ne nous aurait pas, avec persévérance,
Abreuvés, vous et moi, des plus amers dégoûts.

Mme FRÉMONT.

Arrêtez. Devant moi respectez mon époux.
Que dis-je? Cet objet d'une plainte farouche,
Insensé, cet époux qu'outrage votre bouche,
Oubliez-vous qu'il est votre père?

HENRI.

                          Eh! comment
Le saurais-je? Jamais un seul embrassement,
Jamais un doux regard, un mot, une caresse
M'ont-ils d'un père en lui révélé la tendresse?
Du nom si doux de fils quand m'a-t-il honoré?
De ce titre flatteur un seul fils est paré;
Ce fils, il en est fier, il le flatte, il l'adore;
A peine du second se souvient-il encore!

En daignant me chérir il croirait déroger,
Je ne suis plus pour lui qu'un enfant étranger
Qu'il accueille par grace et qu'il souffre avec peine.
Placé par ses rigueurs dans un état de gêne,
Je me tiens écarté de mes jeunes amis;
A leurs plaisirs coûteux je tremble d'être admis,
Et, quand d'y prendre part je ne puis me défendre,
J'accepte en rougissant, sûr de ne pouvoir rendre;
Voilà mon sort!...

Mme FRÉMONT.

Pour toi n'est-ce plus un bonheur
De vivre pour chérir ta mère?

AMÉLIE.

Et votre sœur?

HENRI.

Pardonnez aux transports d'une ardente colère.
Oui, par vous, il est vrai, l'existence m'est chère,
Et vous embellissez mes plus tristes momens.
Je ne suis point ingrat! non, mes emportemens
Vous sont un sûr garant de ma tendresse extrême.
Puis-je voir de sang-froid souffrir tout ce que j'aime?
Les ennuis, les dégoûts, s'ils n'accablaient que moi,
Je les supporterais sans me plaindre. Mais quoi?
De l'injuste pouvoir qui m'accable et m'opprime
N'êtes-vous pas, hélas! la première victime,
Ma mère? et n'est-ce pas en vons voyant souffrir
Que mon cœur indigné commença de s'aigrir?

Mme FRÉMONT.

Et comment savez-vous si je suis malheureuse?
Qui vous l'a dit, mon fils?

HENRI.

L'empreinte douloureuse
Dont vos pleurs assidus ont sillonné vos traits.

Mme FRÉMONT.

Eh ! quoi? m'entendez-vous me plaindre?

HENRI.

Non jamais;
Et c'est cette contrainte et ce cruel silence
Qui de vos maux encore accroît la violence.
Ah ! que mieux il vaudrait honorer vos enfans
Du soin de soulager des ennuis trop cuisans!
Votre Amélie et moi sommes dignes d'entendre
Le secret qu'en nos cœurs vous daigneriez répandre.
De partager vos maux tous deux nous serions fiers,
Et nos pleurs confondus couleraient moins amers.

Mme FRÉMONT.

Mon fils, votre tendresse a pour moi bien des charmes,
Mais ne recherchez pas la source de mes larmes :
Si je les cache mal , il ne faut pas les voir.
Henri, sur votre cœur si j'ai quelque pouvoir,
Contenez, réprimez une fougue indiscrète.
Reposez-vous sur moi, ma tendresse inquiète
Veillera constamment au maintien de vos droits.
Souvent pour vous, mon fils , j'élèverai la voix.
Vous, secondant l'effort de ma persévérance ,

Par vos profonds respects et votre obéissance
Fléchissez votre père animé contre vous.
Laissez surtout, laissez ce funeste courroux
Dont je viens de vous voir emporté contre un frère ;
Allez, et dans ses bras quittez votre colère.

HENRI.

Ma mère, à votre voix qui pourrait résister ?
Je vous obéirai, je saurai me dompter.
Oui, je sens par degrés le courroux qui m'enflamme
A vos accens si doux s'apaiser dans mon ame.
Si mon frère le veut, je vais tout oublier ;
Un mot peut avec lui me réconcilier.

Mme FRÉMONT.

Ah ! tu remplis mon cœur d'une pure allégresse...
Mon époux vient... Mon fils, tenez votre promesse.

HENRI.

Je la tiendrai.

SCÈNE III.

LES MÊMES, M. FRÉMONT.

HENRI, *allant au-devant de son père.*
Mon père, agréez mon respect.

M. FRÉMONT.

Vous n'évitez donc pas aujourd'hui mon aspect,
Monsieur ?... car c'est assez votre aimable coutume.

HENRI.

Votre abord a souvent pour moi tant d'amertume,

Mon père!... Mais donnez par un peu de bonté
Quelque encouragement à ma timidité;
Mon ame va céder au penchant qui l'entraîne.

M. FRÉMONT.

Pour un autre moment réservons cette scène.
  (*à sa femme.*)
Madame, j'ai besoin de vous entretenir.
  (*A Henri et à Amélie.*)
Laissez-nous.

HENRI.

  Quel accueil!

AMÉLIE.

    Sachez vous contenir.
     (*Ils sortent ensemble.*)

SCÈNE IV.

M. FRÉMONT, Mme FRÉMONT.

M. FRÉMONT.

Madame, il en est temps, vous allez être instruite
D'un projet dont j'attends la prompte réussite.
En faveur de mon fils anoblissant mon nom,
J'obtiens enfin pour lui le titre de baron.
Je ne me flatte pas d'une espérance vaine;
Le ministre a promis, et la chose est certaine.
Mais ce n'est point assez, madame, et mon projet,
Si je m'arrêtais là resterait incomplet.
Je veux, dans ma famille à jamais illustrée,

Perpétuer l'honneur dont elle est décorée,
A mon nom de Frémont joignant un nom plus beau,
Cacher, perdre l'ancien sous l'éclat du nouveau,
Et des produits certains d'une terre incessible
Appuyer la splendeur d'un titre indestructible.
La loi me le permet, et j'en veux profiter.
Au nom de Ferdinand je viens donc d'acheter
La terre de Valnoir, ancienne seigneurie ;
Vingt mille francs, produit de cette baronnie,
Seront du majorat que je fonde pour lui
L'éternel aliment et l'immuable appui.
Votre consentement, madame, est nécessaire.
J'ai pensé que, toujours soigneuse de me plaire,
Vous vous empresseriez de souscrire au bonheur
D'un fils, de notre nom l'espérance et l'honneur !

Mme FRÉMONT.

Monsieur, je me suis fait en toute circonstance
Un devoir, un plaisir de mon obéissance ;
Je l'ai prouvé, je crois. Aujourd'hui cependant
Il s'agit d'un objet tellement important,
Que vous trouverez juste, ou du moins je l'espère,
Qu'avant de consentir je consulte et m'éclaire.
    Ne me supposez pas l'inutile projet
D'incriminer en rien ce que vous avez fait.
Mais toutefois, depuis qu'un excès de tendresse
Vous fit, pour Ferdinand, désirer la noblesse,
Dans de nobles salons vous voulûtes qu'admis
Sans avoir à rougir y parût votre fils.

Entouré d'une riche et brillante jeunesse,
D'un âge trop ardent n'écoutant que l'ivresse,
Fier de tout effacer en somptuosité ,
Il s'est fait de l'éclat une nécessité.
Sans réserve , sans frein dans ses magnificences ,
Il consume , il absorbe en de folles dépenses
Ces biens dont le commerce, après plus de vingt ans,
A payé vos efforts et vos travaux constans.
Jusqu'à ce jour pourtant les dettes contractées ,
Monsieur, de mon aveu sont toutes acquittées.
Mais lorsque , de nos biens déjà si compromis,
Vous proposez encor que les plus clairs débris
Soient distraits en faveur de ce fils , votre idole,
Je crains , puissé-je avoir une crainte frivole,
Et j'invoque , monsieur, votre sincérité
Pour avoir sur ce point toute sécurité ,
Je crains que pour Henri nous ne puissions plus faire
Autant que nous ferions aujourd'hui pour son frère.

M. FRÉMONT.

C'est leur position qui doit régler leurs droits ,
Non la stricte équité des inflexibles lois.
L'épée ouvre à mon fils une route brillante ;
Il trouvera l'honneur. Mais sa vie éclatante,
Loin d'accroître ses biens, ne peut que l'appauvrir.
Le commerce est moins beau ; mais il doit enrichir ;
Et, si Henri le veut, il peut, par sa constance,
Se créer à lui seul une heureuse existence.

Mme FRÉMONT.

A l'aîné tous les biens, au second les travaux ,
Lorsque le sang , la loi , tout les a faits égaux !
Ah ! monsieur, pourrait-il satisfaire votre ame
Ce partage inégal et révoltant ?

M. FRÉMONT.

Madame !

Quel est donc cet accent ? Pour la première fois
Contre ce que je veux vous élevez la voix.

Mme FRÉMONT.

Pour la première fois aussi je viens d'entendre
Ce que, jusqu'à ce jour, j'avais craint de comprendre.
Il est donc vrai , monsieur ! pour un fils trop chéri
Vous voulez renier et dépouiller Henri !
Qu'a-t-il fait cependant ? Quel tort de sa jeunesse
De son père offensé lui ravit la tendresse ?
En est-ce un à vos yeux que d'avoir embrassé
Un état qui par vous lui semblait tout tracé ?
Actif, laborieux , il pensait que son zèle
Lui gagnerait ainsi l'amitié paternelle !...
Tentative inutile , efforts infructueux !
Déçu de son espoir, ardent , impétueux ,
S'il a , dans ses transports oubliant la mesure ,
Exhalé contre vous une plainte trop dure,
Ce n'était qu'une erreur, un écart d'un moment ;
Au blâme paternel bornez son châtiment,
Et punissez en père , en excusant son âge.

Mais si vous lui voulez ravir son héritage ,
Je lui dois , comme mère , un tutélaire appui ,
Et j'oserai , monsieur, vous résister pour lui.
M. FRÉMONT.
Madame , je le veux ; c'est assez vous en dire.
Mme FRÉMONT.
A cette iniquité je ne saurais souscrire.
M. FRÉMONT.
Ainsi donc aujourd'hui c'est à moi d'obéir !
Ma mémoire peut-être aura pu me trahir,
Mais la femme jadis , en pareille occurrence,
Plus sage , s'imposait un modeste silence,
Et le sort des enfans dépendait de l'époux.
Mme FRÉMONT.
Oui, la femme autrefois , j'en conviens avec vous ,
D'oisifs et de flatteurs sans cesse environnée,
Laissait de ses enfans régler la destinée,
Tranquille , et sans jamais que ce soin important
A ses moindres plaisirs dérobât un instant.
Eh ! qu'eût-elle pu faire ? un invincible usage
D'avance de ses biens décidait le partage.
Mais le temps , dans son cours , corrige les abus.
La femme, de nos jours , brille moins, pense plus.
Plus heureuse cent fois, quoique moins adulée,
Vivant plus sédentaire , elle est moins isolée.
Du soin de ses enfans faisant tout son bonheur,
Elle orne son esprit pour cultiver le leur ;
Elle lit, elle observe , étudie , examine ,

Agit avec raison , et non plus par routine ,
Et par leur gravité ses devoirs embellis ,
Comme ils sont mieux jugés, sont aussi mieux remplis.

M. FRÉMONT.

Vous le prouvez ici par votre obéissance.

Mme FRÉMONT.

Tenir entre mes fils une juste balance ,
C'est remplir un devoir ; comme en notre amitié
Je veux que dans nos biens chacun ait sa moitié.
La nature et les lois ont dicté ce partage ,
Ah ! respectons leur vœu si prudent et si sage !
Déjà depuis long-temps se forment sous vos yeux
D'une rivalité les germes odieux ,
Et ma trop faible voix ne contient qu'avec peine
Ces fermens dangereux de discorde et de haine.
Entre vos fils , monsieur, voulez-vous fomenter
Ce feu qu'à peine, hélas ! il est temps d'arrêter,
Et qu'une haine affreuse , et peut-être éternelle ,
Remplace dans leurs cœurs l'amitié fraternelle ?
Et pourquoi ? Pour qu'un d'eux, abjurant votre nom,
S'élève en s'appuyant d'un titre de baron !
Non. Son avancement doit être son ouvrage.
Les emplois sont le prix du talent , du courage.
C'est en les méritant qu'on obtient les honneurs ;
Moins on les a cherchés , et plus ils sont flatteurs.
Que Ferdinand les doive à sa valeur insigne ,
Loin de les envier, lorsqu'il l'en saura digne ,
Son frère avec plaisir l'en verra décoré.

Mais que par votre amour Ferdinand soit paré
D'un titre qu'on lui crée aux dépens de son frère,
Est-ce donc être juste? est-ce donc être père?
Pensez-vous que Henri , sans être révolté ,
Se voie ainsi par vous trahi , déshérité?

M. FRÉMONT.

Il se taira , du moins, ou , s'il rompt le silence ,
Je saurai châtier cet excès d'insolence.
Mais il n'en viendra pas à cette extrémité ,
A moins que par vous-même il n'y soit excité.

Mme FRÉMONT.

Par moi ! de le penser me feriez-vous l'offense?

M. FRÉMONT.

Instruit par vous , il peut respecter ma puisssance ,
Comme vous respectez celle de votre époux.

Mme FRÉMONT.

Il n'apprendra de moi , monsieur, rassurez-vous ,
Rien contre ses devoirs, rien qu'il ne doive apprendre.
Ah! je n'ai qu'un seul vœu (le ciel puisse m'entendre !);
C'est de voir, par mes soins , rapprochés , réunis ,
Mon époux , mes enfans , tous ceux que je chéris !

M. FRÉMONT.

Un mot , et finissons. Ma parole est donnée ,
Et l'affaire, ce soir, doit être terminée.
Vous tenez dans vos mains l'honneur de votre époux :
Le rendez-vous est pris , madame, y viendrez-vous?

Mme FRÉMONT.

Non , monsieur, je ne puis.

M. FRÉMONT.

Craignez donc ma colère.

Mme FRÉMONT.

Je ne crains rien ; j'ai fait ce que je devais faire.

SCÈNE V.

M. FRÉMONT, *seul.*

Quoi ! de mon fils ainsi détruisant l'avenir,
Elle résisterait ! D'où peut donc lui venir
Ce courage inconnu qui m'offense et m'irrite ?
Sans doute , c'est Henri qui la pousse et l'excite !
Ils s'unissent tous deux pour braver mon pouvoir !
Pensent-ils m'arrêter ? Qu'ils en perdent l'espoir !
Non , tout est convenu, j'ai donné ma parole ;
Je n'écouterai point une plainte frivole.
J'avais prévu l'obstacle, et , pour le surmonter,
Il me reste un moyen que mon fils doit tenter.
L'épreuve est délicate , et pourtant décisive...
Ah ! le voici lui-même !... à propos il arrive.

SCÈNE VI.

M. FRÉMONT, FERDINAND.

M. FRÉMONT.

Mon fils, tu tardes bien , ce matin , à me voir !

FERDINAND, *l'embrassant.*

Mon père, vous savez qu'avant tout le devoir...

J'étais à la revue... elle était fort brillante....
Je viens vous faire part d'un succès qui m'enchante.
Partout de mon bonheur s'est répandu le bruit,
De vos bontés pour moi tout le monde est instruit.
Le duc avait hier une grande soirée,
A peine on m'annonça, chacun, à mon entrée,
Se leva, s'empressa de me féliciter.
Lui-même vint à moi pour me complimenter :
D'un triomphe complet j'ai savouré l'ivresse !
Mes rivaux sont outrés d'un succès qui les blesse ;
Ils cachent leur chagrin , mais leur dépit secret
A mon triomphe encor prête un nouvel attrait.

M. FRÉMONT.

Quoi ! mon fils ! quoi ! le duc aurait daigné lui-même?..

FERDINAND.

Il fut charmant pour moi.

M. FRÉMONT.

          Ma joie en est extrême !
Et tu dis que le cercle était des plus brillans ?

FERDINAND.

Généraux, députés, hommes titrés, puissans,
De la noblesse enfin et l'élite et la tête !
Et pour moi l'on eût dit qu'on donnait cette fête.

M. FRÉMONT.

D'un accueil si flatteur tu me vois transporté !
Et que fit-on le soir?

FERDINAND.

     C'est le mauvais côté..

On joua... Pour le jeu je n'étais pas en veine...
La fortune me fut tout-à-fait inhumaine.
De tout ce que j'avais lestement dégarni,
Je voulus m'entêter, j'empruntai d'un ami
Mille écus dont, ma foi, je n'ai plus une obole.

M. FRÉMONT.

Mille écus !

FERDINAND.

Il me faut dégager ma parole,
Mon père, et j'ai recours à vos bontés pour moi.

M. FRÉMONT.

Mille écus !... Mais vraiment penses-tu que pour toi,
Prodiguant tout le fruit des travaux de ma vie,
Ma faiblesse toujours approuve ta folie !
Je ne saurais souffrir un tel entraînement !
Il faut te modérer, agir moins grandement.

FERDINAND.

Et comment voulez-vous alors que je paraisse
Dans les salons brillans de la haute noblesse ?
Irais-je mesquiner aux yeux de mes amis,
Et faire honte aux gens qui chez eux m'ont admis ?
De la société qui m'accueille et m'invite
Il faut que je m'éloigne, ou bien que je l'imite.
Mon père, vous avez pour moi trop de bonté
Pour ne pas approuver cette juste fierté !

M. FRÉMONT.

Sans doute dans le monde où ton destin te classe,
Je veux avec honneur que tu prennes ta place ;

Mais il faut contenir tes dé.irs trop ardens...
Aujourd'hui mille écus!... hier cinq mille francs
Pour un nouveau cheval, inutile dépense;
Car deux chevaux déjà , c'était assez, je pense !

FERDINAND.

Je n'ai pas un ami qui n'en ait trois , d'honneur !
Et puis l'occasion , un vrai coup de bonheur !
C'est aujourd'hui la course... Ah ! venez-y de grace ,
Vous le verrez courir; il dévore l'espace !
Un modèle : cinq ans, léger, plein de vigueur ;
Je ne l'ai pas payé moitié de sa valeur.

M. FRÉMONT.

Écoute Ferdinand , tu connais ma tendresse.
Je fus jeune , aisément j'excuse ta jeunesse ;
De ce nouvel emprunt je veux bien me charger ;
Mais à ton tour, mon fils , il est temps de songer
A l'avenir brillant qui pour toi se présente.
Du titre de baron la faveur éclatante
T'impose un nouveau nom , un rang à soutenir...
Oui , ce n'est pas assez que de les obtenir,
Il faut, fixant tes goûts et ton humeur légère,
Fonder, perpétuer un titre héréditaire,
Te marier, enfin.

FERDINAND.

Qui ! moi me marier !
Dans l'âge des plaisirs à ce joug me lier !
Car l'hymen de nos jours est vraiment une chaine.
Jadis, on nous le dit comme chose certaine ,

On pouvait dans ce nœud, malgré sa gravité,
Prendre parfois encore un peu de liberté.
Aujourd'hui, ce serait un crime des plus graves!
Nos maris sont amans, ou plutôt sont esclaves.
Fiers de leur dépendance, heureux d'être enchaînés,
Dans leurs bras paternels berçant leurs nouveau-nés,
Au sein de leur famille ils coulent une vie
Aux seuls soins conjugaux tendrement asservie.
C'est charmant, j'en conviens!... Oui, mais à vingt-six ans
Je n'ai pas la vertu de bercer des enfans.

M. FRÉMONT.

Tu l'auras, si ta femme est aimable et jolie;
Et j'ai fait choix pour toi de ma nièce Amélie.

FERDINAND.

Quoi! déjà? Ma cousine!... Avec vous je conviens
Que jolie, à vingt ans maîtresse de grands biens,
Pour tout autre que moi sa main est désirable.
Ce serait pour mon frère un hymen honorable...
Aussi de vos bontés je dois vous savoir gré,
Mon père... Mais pour moi pourtant, je l'avouerai,
Je concevrais l'espoir d'un plus grand mariage.
Je croirais que mon titre, et mon grade, et mon âge,
Me donnent quelque droit de prétendre plus haut.
Un si noble désir serait-il un défaut?
De quelque homme puissant en épousant la fille,
Je pourrais m'entourer d'une grande famille,
Et, secondé par eux dans mon ambition,
Achever de fonder mon illustration.

Ce projet, il me semble, était aussi le vôtre ?

M. FRÉMONT.

Il nous faut à présent en adopter un autre.
Ta mère a refusé de signer le contrat
Qui pour toi, dès ce soir, créait un majorat.
Pour acquérir Valnoir, j'ai dû vendre et distraire
D'autres biens dispersés qui venaient de son père,
Et son refus rend nuls tous mes engagemens.
Sans elle rien n'est fait.

FERDINAND.

    O fatal contre temps !
Eh ! quoi ! de mon bonheur la nouvelle est semée ;
Quoi ! moi-même partout je l'aurais confirmée ;
J'aurais de mon succès joui publiquement ;
De chacun, en tous lieux, reçu le compliment ;
Et partout, à chacun, de moi donnant à rire,
Il faudrait déclarer que j'étais en délire,
Que je mentais ! Ah ! Dieu ! cela ne se peut point !
Daignez revoir ma mère, et lui dire à quel point
La chose est arrivée !... Il faut qu'elle envisage
Que son refus m'expose au plus cruel outrage !...
Elle ne voudra pas voir sou fils méprisé.

M. FRÉMONT.

Par un frivole espoir ne sois point abusé.
Non, tu n'obtiendras rien d'une vaine prière,
Il n'y faut pas songer.

FERDINAND.

    Mais cependant ma mère

Vous a toujours cédé ; son refus me confond.

M. FRÉMONT.

Docile en apparence , opiniâtre au fond ,
Elle a , jusqu'à présent plié sous ma puissance.
Mais puisqu'elle a rompu ce frein d'obéissance ,
Cet acte de vigueur, où son cœur s'est porté ,
Prouve que c'est chez elle un plan bien arrêté.

FERDINAND.

Ah ! c'est un parti pris !... et sans doute mon frère
A donné doucement ce conseil à ma mère !...
Eh ! bien, soit ; j'y consens... Nous verrons, de nous deux
Qui doit , dans ce débat , être le plus heureux !

M. FRÉMONT.

Amélie à nos vœux résistera peut-être ;
Mais je saurai prouver qu'ici je suis le maître ,
Et que mon ordre enfin doit être respecté.

FERDINAND.

Eh ! quoi, que parlez-vous de votre autorité ?
Je vais voir Amélie, et veuillez ne pas craindre
Qu'à recevoir mes soins il faille la contraindre.
Je crois pouvoir penser que son cœur librement
Couronnera mes vœux d'un plein consentement.
Oui , je cours la trouver, lui présenter l'image
Du brillant avenir qui sera son partage,
Et sa fierté charmée , adoptant nos projets ,
Par le don de sa main assure leur succès.

FIN DU PREMIER ACTE.

ACTE II.

—

SCÈNE PREMIÈRE.

FERDINAND, AMÉLIE.

FERDINAND.

Amélie, eh ! pourquoi refuser de m'entendre ?
L'offre que je vous fais doit-elle vous surprendre ?

AMÉLIE.

Oui, beaucoup, je l'avoue. Une fille sans nom
Peut-elle mériter l'hommage d'un baron ?
D'un triomphe si beau, non, je serais trop fière ;
Ménagez mieux, monsieur, ma fierté roturière,
Et cherchez, croyez-moi, de plus nobles liens.

FERDINAND.

Ah ! ne plaisantez pas ; ce titre que j'obtiens,
De mes nobles travaux trop belle récompense,
D'un plus bel avenir m'offre encor l'espérance.
Son éclat, j'en conviens, flatte ma vanité ;
Mais vous me supposez trop de frivolité,
Si vous pouvez penser qu'une faveur futile
M'eût coûté tant de soins sans un but plus utile.
Un titre mène à tout, et je l'ai désiré
Pour m'en servir, et non pour en être paré.

AMÉLIE.

Sans un titre aux emplois ne peut-on pas prétendre?

FERDINAND.

Près d'une autre que vous j'hésiterais à prendre
Le langage et le ton d'un grave raisonneur ;
Mais je sais qu'Amélie est un grave auditeur,
Unissant, à vingt ans, par un rare assemblage
La beauté qui séduit et la raison d'un sage.
Ou noble, ou plébéien, je dois en convenir,
Aux emplois éminens chacun peut parvenir.
Mais convenez aussi que, dans la concurrence,
Un titre, un nom souvent font pencher la balance.
Tel est assez l'usage, et, loin de le blâmer,
Je n'y vois que justice, et veux m'y conformer.
De services rendus éclatant témoignage,
Un beau nom, précieux et brillant héritage,
Faisant à qui le porte une loi de l'honneur,
Doit aussi devenir un gage de faveur.
Toujours le plébéien rechercha la noblesse !
Le philosophe austère y voit une faiblesse ;
Jeune, avide de gloire et de distinction,
J'y vois une louable et belle ambition.

AMÉLIE.

Moi, si pour un moment je prenais votre place,
J'aimerais mieux rester le premier dans ma classe,
Et de mes seuls talens obtenir ma grandeur,
Que d'aller follement trancher du grand seigneur,
Pour la classe où j'arrive objet de raillerie,
Pour celle que je quitte objet de jalousie !

Si d'un père pour moi l'aveuglement fatal
Voulait m'avantager d'un partage inégal ,
Heureux de son amour, non de sa préférence ,
Fuyant d'un majorat l'attrayante opulence ,
Je saurais repousser une injuste faveur,
Flatteuse à mon orgueil , mais pénible à mon cœur.

FERDINAND.

Mais mon père est très-riche , et sa grande fortune
Ne m'a jamais laissé cette crainte importune !
La noblesse d'ailleurs n'est rien sans majorat.
Lui seul en perpétue , en assure l'éclat ,
Et sa base immuable est sagement posée.
La fortune d'un noble , à peine divisée ,
Ne laisse à ses enfans indigens et nombreux
Que le fardeau d'un nom trop illustre pour eux.
Mais ces biens dispersés , qu'un seul en réunisse
Assez pour conjurer le sort et son caprice ,
D'un titre indestructible héritier glorieux ,
Il porte avec honneur le nom de ses aïeux.

AMÉLIE.

Trop souvent au contraire une fortune acquise
Nuit à son possesseur, et chez lui paralyse
Des vertus, des talens , les germes précieux.
Il eût été meilleur, s'il fût né moins heureux.

FERDINAND.

Voilà, vous l'avouerez, de la philosophie ,
Et ce discours pour nous est trop fort , Amélie :
Laissons donc , croyez-moi , cette discussion.
La carrière est ouverte à mon ambition ,

Les premiers pas sont faits, le sort me favorise,
M'arrêter à présent serait une sottise.
Mais quoi? de mon bonheur me faudra-t-il penser
Qu'aucun des miens se doive ou se veuille offenser?
Ce titre glorieux, cet éclat dont il brille,
S'il m'honore, il honore avec moi ma famille;
Chacun doit être heureux de me voir l'obtenir.
Il me devient plus cher quand je puis vous l'offrir;
Partagez-le avec moi, c'est le vœu de mon père.

AMÉLIE.

Votre père! qu'entends-je? Il voudrait?...

FERDINAND.

Il espère

Nous voir bientôt unis, et je suis trop heureux
Que le choix qu'il a fait s'accorde avec mes vœux.
Daignez, belle cousine, accepter mon hommage.

AMÉLIE.

J'ai peine à m'expliquer cet étonnant langage;
Car enfin, je vous ouvre avec naïveté
Un cœur plein de franchise et de sincérité,
Votre ton avec moi, jusqu'ici plein d'aisance,
Avait avec l'amour fort peu de ressemblance,
Et souvent j'y crus voir un autre sentiment.

FERDINAND.

Je n'ai point près de vous affecté d'un amant
Et l'air, et tous les soins que vous deviez attendre.
A ce bonheur alors je n'eusse osé prétendre;
Et, si je m'offre enfin pour être votre époux,

C'est qu'aujourd'hui je suis moins indigne de vous.

AMÉLIE.

Finissons , Ferdinand. En tout je suis sincère ;
Et vous n'ignorez pas que déjà votre frère...

FERDINAND.

Je sais que , près de vous passant ses jeunes ans ,
Tandis que mon devoir m'appelait dans les camps ,
Plus heureux , il a pu vous admirer sans cesse ;
Que l'échange constant d'une pure tendresse ,
La douce intimité du foyer paternel
Ont uni vos deux cœurs d'un lien fraternel...

AMÉLIE.

Vous pourriez vous tromper.

FERDINAND.

     Je ne veux pas le croire.

AMÉLIE.

Eh ! pourquoi ?

FERDINAND.

    Je craindrais de blesser votre gloire.

AMÉLIE.

Ferdinand !

FERDINAND.

   Amélie ! eh quoi ? vous , devenir
Femme d'un commerçant ! Non , je ne puis souffrir
Qu'une telle beauté soit si mal possédée.
Ah ! prenez de vous-même une plus haute idée.
Cet assemblage heureux d'attraits et de talens
Vous appelle , vous force à des nœuds plus brillans ;

Trop heureux de pouvoir, si vous m'en jugez digne,
Vous élever au rang que le ciel vous assigne.

AMÉLIE.

Vous m'honorez beaucoup... Mais ce rang glorieux
Dont l'éclat autrefois fascinait tous les yeux ;
Admirez les progrès de la philosophie,
N'a pas séduit encor la bourgeoise Amélie.
Contente de mon sort, je n'y veux rien changer.
Je ne veux point surtout avec vous partager
Cette injuste faveur où je vous vois souscrire.
Mieux que moi dans mon cœur vous qui prétendez lire,
Apprenez que Henri, roturier, commerçant,
A trouvé dans lui seul un charme assez puissant
Pour m'enchaîner à lui du lien le plus tendre.
Vous m'entendez, je crois.

FERDINAND.

            C'est facile à comprendre.
D'un refus aussi dur en blessant ma fierté,
Avez-vous espéré que ma docilité
Pourrait, sans murmurer, souffrir un tel outrage?
Non; vous avez été plus sincère que sage;
Et, si je n'écoutais que mon dépit jaloux,
Je sais à qui parler, et je le tiens de vous.

AMÉLIE.

Que dites-vous? ô ciel !

FERDINAND.

            Ce serait votre ouvrage;
Mais je veux oublier un imprudent langage;

Dicté par la colère, il ne peut m'offenser.
Oui, malgré vos refus, j'aime encore à penser
Que, plus calme bientôt, et rendue à vous-même,
Vous apprécierez mieux la différence extrême
Des deux positions offertes à vos vœux :
Daignez y réfléchir, c'est tout ce que je veux.

SCÈNE II.

AMÉLIE, HENRI.

AMÉLIE. *Elle reste un moment pensive, et s'écrie en
apercevant Henri.*

Ciel! Henri!

HENRI.

Qu'avez-vous? et quel trouble à ma vue?

AMÉLIE.

Moi troublée !...

HENRI.

Oui, vous-même, oui, vous êtes émue.

AMÉLIE.

Vous vous trompez.

HENRI.

Non, non, je ne me trompe pas.
Ferdinand... A ce nom quel nouvel embarras !..
Il sort d'ici.... Parlez, quelle nouvelle injure
Vous émeut à ce point? Parlez, je vous conjure.

AMÉLIE.

Henri, modérez-vous.

HENRI.

Vous ne répondez rien?

AMÉLIE.

Que vous importe enfin ce moment d'entretien?
Pourquoi vous informer?

HENRI.

Je comprends ce silence!
C'est trop d'un orgueilleux supporter l'insolence;
De lui-même bientôt je saurai... Quel effroi!...

AMÉLIE.

Ah! plutôt cet aveu recevez-le de moi.

HENRI.

Quel aveu?

AMÉLIE.

Votre frère..

HENRI.

Eh bien, mon frère?

AMÉLIE.

Il m'aime.

HENRI.

Il vous aime! Qui? lui! Qui vous l'a dit?

AMÉLIE.

Lui-même.

HENRI.

Il vous aime! ô fureur!... C'en est trop. Entre nous
Ce débat doit finir.

AMÉLIE.

Grand dieu! Que dites-vous?

HENRI.

Terminons, il est temps...

AMÉLIE.

   Quoi? Que voulez-vous faire?
Terminer?... Juste ciel!... Mais il est votre frère!...

HENRI.

Que vois-je? Cet effroi, ces cris, cette pâleur....
Ah! Dieu! Ce dernier coup manquait à mon malheur.

AMÉLIE.

Ce trouble, cet effroi, c'est celui que m'inspire
D'un transport insensé le criminel délire.
Ah! vous ne m'aimez plus, quand vos emportemens
Vont jusqu'à m'accuser de trahir mes sermens.

HENRI.

Jamais ardeur ne fut plus vive et plus sincère.

AMÉLIE.

Comment vous croire encor?

HENRI.

   J'en atteste ma mère!

AMÉLIE.

Et de quel front, cruel, osez-vous l'attester,
Lorsqu'aux jours de son fils vous voulez attenter?
Allez, je juge enfin votre affreux caractère?
Je rends graces au ciel dont la bonté m'éclaire,
Et d'un lien fatal je me veux dégager.

HENRI.

Amélie, écoutez...

AMÉLIE.

Non, courez vous venger.

HENRI.

De grace, écoutez-moi!

AMÉLIE.

Je ne veux vous entendre
Qu'auprès de votre mère, où je vais vous attendre.

SCÈNE III.

HENRI *seul.*

Elle fuit !.. et d'un mot je me sens arrêter !
Ma mère !.. Devant toi comment me présenter,
Les yeux étincelans, le cœur gonflé de haine,
Respirant un courroux que je contiens à peine ?
Non, non, sachons dompter un funeste transport,
Et tentons un dernier, un douloureux effort.
J'irai trouver mon frère, et, maître de moi-même,
Je lui peindrai mes maux en perdant ce que j'aime.
Il saura que pour moi, c'est mille fois mourir !
Peut-être tant d'amour pourra-t-il l'attendrir !..
Allons... Ciel! le voici !.. Tout à coup dans mon ame,
De mes ressentimens se réveille la flamme...
O ma mère, affermis ce cœur trop combattu !

SCÈNE IV.

HENRI, FERDINAND.

HENRI.

Ferdinand, je te cherche.

FERDINAND.

Eh bien ! que me veux-tu ?

HENRI.

Je veux savoir de toi ce dont je doute encore.
Amélie est à moi ; je l'aime, je l'adore,
Tu le sais. Est-il vrai qu'au mépris de mes droits,
Tu veux me la ravir ?

FERDINAND.

Il se peut.

HENRI.

Et tu crois
Que je le souffrirai, tranquille et sans murmure ?

FERDINAND.

La menace avec moi convient peu, je vous jure.
Amélie est à vous !.. c'est beaucoup présumer :
On doit être bien sûr avant que d'affirmer.
Pour moi, je la crois libre ; il vous faudra peut-être,
Au choix qu'elle fera, bientôt le reconnaître.

HENRI.

Non, mon amour par toi ne peut être ignoré ;
Il précéda le tien, il doit t'être sacré.

FERDINAND.

En des jours plus heureux, sans doute il eût pu l'être...

Mais ce temps-là n'est plus...

            HENRI.

                     Ne peut-il pas renaître ?
Ne pouvons-nous encor?.. Je n'ai point oublié ,
Je veux te rappeler ce temps où l'amitié
Unissait nos deux cœurs attirés l'un vers l'autre.
Ferdinand ! quel bonheur alors était le nôtre !
De goûts , de sentimens , quelle conformité !
Quelle douce concorde , et quelle égalité !

            FERDINAND.

Oui, tel fut le passé, j'en reconnais l'image.
Je peindrai le présent, c'est un autre langage.
Deux frères, divisés d'intérêts et de cœur ,
L'un de l'autre à l'envi détruisant le bonheur ,
Tous deux , impatiens du nœud qui les enchaîne,
N'échangeant que discours et que regards de haine,
Voilà notre concorde et notre intimité !

            HENRI.

Qui rompit le premier notre fraternité?
Je m'en rapporte à toi; réponds, je t'en supplie.

            FERDINAND.

Qui? Celui dont le cœur est dévoré d'envie,
Celui qui n'a pu voir que d'un œil de courroux
Son frère s'élever.

            HENRI.

            Ah ! si je suis jaloux ,
Ce n'est que de vous voir me ravir la tendresse
D'un père que vers vous entraîne sa faiblesse.

FERDINAND.

Vous l'êtes bien aussi du titre que j'obtiens.

HENRI.

Il est tout à vos yeux, mais il n'est rien aux miens.

FERDINAND.

Qui ne peut l'obtenir, jamais ne l'apprécie.
Ce mépris des honneurs n'est que forfanterie ,
Vain orgueil que bientôt on vous verrait quitter,
Si vous aviez des droits à les solliciter.

HENRI.

Ah ! fussé-je amoureux d'une telle chimère ,
Je n'en voudrais jamais aux dépens de mon frère !

FERDINAND.

Eh ! comment savez-vous si c'est à vos dépens ?

HENRI.

Certes, pour le comprendre il ne faut pas long-temps.

FERDINAND.

Du commerce en effet possédant la science ,
De nos comptes déjà vous faites la balance ,
Et , pour de froids calculs oubliant l'amitié ,
D'un partage futur vous fixez la moitié.

HENRI.

Oui, l'esprit mercantile est petit , ridicule.
Plus généreux, plus grand, vous prenez sans scrupule,
Et vous m'épargnerez , je m'en rapporte à vous ,
La peine d'établir un partage entre nous.

FERDINAND.

Ce ton fier et mordant commence à me déplaire.

Quittez-le , ou j'oublierais que vous êtes mon frère !

HENRI.

Oublions-le !... Mais non , je veux m'en souvenir.
Je t'ai promis, ma mère ! il te faut obéir !...
Vainement ma fierté se révolte et murmure ;
Je cède sans bassesse au cri de la nature.
Ecoute , Ferdinand... *Oui , je me plains de toi ;*
Je ne suis point coupable , et tu l'es envers moi.
C'est toi qui me ravis l'amitié de mon père ,
C'est toi qui de chagrins fais abreuver ma mère ,
Ma mère , objet sacré de mon culte pieux ,
Qui t'accuse , en mourant de langueur sous tes yeux.
Un seul bien me restait , un seul !... et ton délire
Me le convoite encore !... Ah ! je ne puis te dire
Quelle tempête horrible a tourmenté mon cœur
Quand j'ai su tes projets et ta funeste ardeur !
A ce coup imprévu que me porte ta haine,
J'allais rompre entre nous une impuissante chaîne ,
J'allais !... Ma mère alors en mon cœur éperdu
Par son doux souvenir rappela ma vertu.
Eh bien ! donc , devant toi je brise ma colère ,
Je m'adresse à ton cœur, ah ! sois encor mon frère !
Envers moi , Ferdinand , montre-toi généreux ;
Laisse-moi le seul bien où s'adressent mes vœux ;
Je tiendrai pour bienfait ce qui n'est que justice ;
Mon cœur, reconnaissant d'un si beau sacrifice ,
Rejetant à jamais tout souvenir amer,
Ne verra plus en toi que l'ami le plus cher.

Loin que ton titre alors m'importune ou me blesse,
Le succès de tes vœux désormais m'intéresse ;
Tous mes droits sont à toi, fonde ainsi ta grandeur,
Et puissé-je, à ce prix, te devoir mon bonheur !

FERDINAND.

Aux plus doux sentimens vous disposez mon ame !
Je suis un malheureux, un perfide, un infame !
Quel portrait séduisant !... Mais il y manque un trait,
Et je ne prétends pas le laisser imparfait.
A mes crimes sans nombre ajoutez donc encore
Le crime de braver un frère qui m'abhorre,
Et de lui disputer, peut-être d'obtenir
La beauté qu'à son sort il espérait unir.

HENRI.

Vous! l'obtenir! Jamais... Non, sachez qu'elle m'aime.

FERDINAND.

Après un tel aveu mon malheur est extrême !
Mais vous craignez assez pour qu'on puisse en douter.

HENRI.

Perdez un vain espoir... Que voulez-vous tenter !
J'ai sa promesse enfin !

FERDINAND.

    On peut la rendre vaine.

HENRI.

Haine et vengeance alors !

FERDINAND.

     Que m'importe ta haine !
Par de telles clameurs crois-tu m'épouvanter ?

Point de cris... finissons...

HENRI.

Il faut te contenter.

Qu'un mot ou nous divise ou nous réconcilie ,
Un mot , un seul ! Veux-tu me céder Amélie?

FERDINAND.

Non.

HENRI.

Eh ! bien donc , poursuis et deviens mon rival.
Mais si tu réussis dans ce projet fatal ,
Ferdinand , souviens-toi que mon ame blessée
Consentit à prier et se vit repoussée.

SCÈNE V.

FERDINAND , *seul.*

Insensé ! que me font tes menaces , tes cris?...
Il m'a prié , dit-il... Je me suis donc mépris !
Quelle étrange prière, et comment la comprendre!...
Toujours il menaçait!... C'était fort mal s'y prendre...
C'est mon frère pourtant!...

SCÈNE VI.

FERDINAND , UN DOMESTIQUE.

LE DOMESTIQUE.

Les chevaux sont sellés,

Et vous pouvez partir, monsieur, si vous voulez.

FERDINAND.

Faut-il abandonner ou suivre l'entreprise?...
Mon père en jugera. Je vais avec franchise
Lui conter où j'en suis ; et , sans perdre un instant ,
Je me rends à la course , où déjà l'on m'attend.

FIN DU SECOND ACTE.

ACTE III.

SCÈNE PREMIÈRE.

HENRI, AMÉLIE.

AMÉLIE.

Henri, quel doux moment, et quel charme j'éprouve
Quand semblable à vous-même enfin je vous retrouve !
Combien je vous sais gré d'avoir su dominer
L'impatient transport prêt à vous entraîner !

HENRI.

Il fallait vous aimer autant que je vous aime ,
Pour accomplir l'effort que j'ai fait sur moi-même !
Mais j'étais si coupable ! Ah ! daignez oublier
Des torts qu'il m'a fallu si chèrement payer !
O vous, qui connaissez les tourmens de ma vie ,
Ange consolateur , chère et douce Amélie ,
Prenez, prenez pitié de l'état où je suis !
J'étais bien malheureux ! mais dans mes longs ennuis,
Cet espoir me restait, et me charmait encore
De mériter un jour la beauté que j'adore ;
Et ce dernier espoir on veut me l'arracher !
Daignez me rassurer , daignez me rattacher
A cette vie, hélas ! de chagrins dévorée ,

Et que votre amour seul peut me rendre sacrée !...
Insensé ! qu'ai-je dit ?... Où s'égarent mes vœux ?
Oserais-je, abusant d'un penchant généreux ,
Associer vos jours à ma triste fortune ?
Ah ! sachons renfermer ma tendresse importune.
Oui, mon amour, pour vous, ne serait qu'un malheur,
Oubliez-moi ! dussé-je en mourir de douleur !

AMÉLIE.

Moi ! vous abandonner !... De cette perfidie
Comment avez-vous pu soupçonner votre amie ?
Méconnaîtriez-vous le plus pur sentiment ?
Henri, mon cher Henri, quel charme, en vous aimant,
De corriger du sort la cruelle injustice ,
Et d'un père aveuglé le funeste caprice !
Enrichir ce qu'on aime ! est-il plus doux bonheur ?

HENRI.

Qu'un tel amour me flatte , et pénètre mon cœur !
Il est pour moi du ciel une faveur insigne ;
Mais j'ai le noble orgueil d'oser m'en croire digne.
Oui , je reçois de vous, et reçois sans rougir.
Jeune et laborieux , devant moi l'avenir
Permet à mes efforts, à ma persévérance,
L'espoir d'acquitter tout , hors la reconnaissance.

AMÉLIE.

Eh bien ! que cet espoir dissipe les chagrins
Dont je vois votre front et tous vos traits empreints.

HENRI.

Eh ! ne connais-je pas et mon frère et mon père ?

Je ne prévois que trop tout ce qu'ils sauront faire
Pour forcer votre choix, pour contraindre vos vœux.
Sans appui, sans secours, que pourrez-vous contre eux?
Dans ce péril pressant, dans ce moment funeste,
Pour disposer de vous un seul moyen vous reste.
Le malheur m'enhardit à vous le proposer ;
Si vous m'aimez, l'amour peut vous le faire oser.
Venez, quittons ces lieux ; maîtresse de vous-même,
Daignez vous confier à ma tendresse extrême !...

AMÉLIE.

Henri, n'achevez pas.... Laissez de vains projets...
Vous me mépriseriez si je vous écoutais....
Non... Vous devez un jour me nommer votre épouse ;
Mon honneur est à vous, j'en dois être jalouse.
Eh! pourquoi nous porter à cette extrémité?
Quel que soit un tuteur et son autorité,
Il peut guider mon choix et non pas le contraindre.
Quand j'aime un de ses fils, devons-nous donc le craindre?
Il m'a fait demander un secret entretien ;
Je dois l'attendre ici. Votre bonheur, le mien
Sont en mes mains : Henri, je saurai les défendre.

HENRI.

Ah! de cet entretien quand mon sort va dépendre,
Il faut donc m'éloigner!... Je le voudrais en vain.
Dans le trouble mortel qui déchire mon sein,
M'arracher de ces lieux me serait impossible...
Je m'y sens attaché par un nœud invincible.

AMÉLIE.

Dieu! que voulez-vous faire?

HENRI.

Implorer avec vous
Un père, ou d'un cruel affronter le courroux.

AMÉLIE.

Imprudent! Laissez-moi.

HENRI.

Non.

AMÉLIE.

Si je vous suis chère!..

HENRI.

Je ne puis... je ne puis...

AMÉLIE.

On vient... C'est votre père.
S'il nous voyait ensemble! Oui, c'est lui. Je l'entends.
Ah! du moins cachez-vous, il en est encor temps....
Entrez là...

(*Elle le fait entrer dans un cabinet.*)
Je respire!..

SCÈNE II.

AMÉLIE, M. FRÉMONT.

M. FRÉMONT.

Ah! c'est vous, Amélie?
Vous m'avez devancé, je vous en remercie.

AMÉLIE.

A votre ordre, monsieur, me hâtant d'obéir...

M. FRÉMONT.

Ne voyez point un ordre où j'exprime un désir.
Sur un sujet fort grave et qui vous intéresse
Je viens, comme un ami, guider votre jeunesse.
Veuillez bien m'écouter... Je suis votre tuteur,
Et, pour justifier un titre si flatteur,
Il me faut prendre soin qu'un hymen convenable
Vous donne dans le monde une place honorable.
C'est un devoir sacré qu'aujourd'hui je remplis.
D'un œil trop prévenu si je ne vois mon fils,
Aux plus brillans partis il a droit de prétendre.
D'un mouvement d'orgueil, eh ! comment me défendre
En le voyant, si jeune, obtenir, mériter
Le grade qu'on voulait en vain lui disputer?
Oui, malgré ses rivaux, dont il brave la haine,
Dernier des lieutenans, il est fait capitaine,
Et, d'un éclat nouveau faisant briller mon nom,
Il doit à sa valeur le titre de baron.
Mais vous seule pouvez, ô ma chère Amélie !
D'un seul mot, compléter le bonheur de sa vie.
Il vous aime, et je viens pour lui vous demander
Votre main !... A ses vœux vous verrai-je céder?
Ce serait, je l'avoue, un bonheur pour moi-même.
A votre libre aveu j'attache un prix extrême;
Et, si je l'obtenais, par cet aveu si doux
Je me croirais payé de tous mes soins pour vous.

AMÉLIE.

Ah ! monsieur, cet accent, nouveau dans votre bouche,

Ce ton plein de bonté me confond et me touche....

M. FRÉMONT.

Épargnez-nous à tous des chagrins superflus.
Je ne puis m'expliquer : mais songez qu'un refus,
Ne mettant à mes vœux que de vaines entraves,
Aurait pourtant ici les suites les plus graves.

AMÉLIE.

Je sais ce qu'envers vous j'ai d'obligation,
Et j'aurais trouvé doux, en cette occasion,
De m'acquitter, monsieur, par mon obéissance
D'une dette sacrée à ma reconnaissance.
Mais du sort de ma vie il me faut décider ;
Je m'en rapporte à vous, dois-je le hasarder?
Dois-je laisser former des nœuds, brillans sans doute,
Honorables pour moi, mais où mon cœur redoute
De ne pas rencontrer le bonheur?

M. FRÉMONT.

                              Eh! pourquoi?
Qui peut vous inspirer ce chimérique effroi?
Certes, ou je m'aveugle, ou mon fils doit attendre
En retour de sa flamme un sentiment plus tendre.
L'hommage que son choix rend à votre beauté
Quel cœur si fier pourrait n'en pas être flatté!

AMÉLIE.

Celui qu'un amour vrai, qu'une longue constance,
Auraient à se donner disposé dès l'enfance,
Et qui déjà, peut-être, aurait promis sa foi !

M. FRÉMONT.

Mais je ne pense pas qu'Amélie ait sans moi,

Sans mon aveu , formé ce serment téméraire?
Elle sait que , tuteur, je suis pour elle un père ,
Et que le plus sacré, le plus beau de mes droits
Est de la rendre heureuse en dirigeant son choix.

AMÉLIE.

J'ai cru qu'entre deux fils chers à votre tendresse
De suivre mon penchant vous me laissiez maîtresse.

M. FRÉMONT.

Vous vous êtes trompée ; et , si j'ai bien voulu
Vous soumettre un dessein que j'avais résolu,
J'ai cru , dans mon aveugle et simple confiance ,
Que la soumission , que la reconnaissance ,
Dès que j'aurai parlé , vous ferait d'obéir
Un devoir , une loi moins encor qu'un plaisir.
J'ose encor l'espérer... Mais s'il faut vous contraindre,
Je saurai bien...

AMÉLIE.

      Monsieur, je cesse de vous craindre !
Vous fermez tout à coup par la sévérité
Un cœur qu'avaient ému vos accens de bonté.
Je reprends tous mes droits. (a)

* M. FRÉMONT.

*Pardon , je m'oubliais !.. J'ai vu dans ma jeunesse ,
*Des enfans , de leur père honorer la vieillesse ,
*De la raison mûrie invoquer le secours,
*Ecouter ses conseils , et croire à ses discours.

(a A la représentation, on passe tout ce qui est indiqué par
des astériques.

*Mais ce temps est passé. Plus éclairé, plus sage,
*Notre siècle a changé ce ridicule usage.
*Tout ce qu'ont fait jadis nos crédules aïeux,
*Erreur et préjugé, c'est usé, c'est trop vieux.
*Dans le siècle penseur voir une jeune fille
*Modestement soumise au chef de la famille!...
*Non, non. L'irrévérence et l'obstination,
*Voilà les fruits heureux de l'éducation
*Que reçoit de nos jours une jeune personne.
*Certe il faut admirer, et la méthode est bonne!

AMÉLIE.

*Monsieur, la raillerie est cruelle avec moi,
*Quand le respect me fait du silence une loi.
*Je me tais, il le faut... Mais si j'osais répondre..!

M. FRÉMONT.

*Eh bien! que diriez-vous, voyons, pour me confondre?

AMÉLIE.

*Je dirais que nos jours valent bien votre temps.
*Ah! ne regrettons pas ces austères couvens
*Où, loin de tous les yeux, s'écoulait notre enfance,
*Dans la simplicité d'une belle ignorance.
*Du cloître nous sortions pour marcher à l'hymen,
*Et d'un homme inconnu nous recevions la main,
*Dociles, et laissant avec indifférence
*A de nouveaux devoirs lier notre existence.
*Mais quel était le sort de ces bizarres nœuds?
*Tissus par l'intérêt, ils n'étaient point heureux.
*Bientôt, ouvrant les yeux, l'épouse infortunée

4

*Gémissait sous le joug, tristement enchaînée ;
*On , trouvant du courage à force de douleur,
*Aux regards du public étalait son malheur,
*Obtenant à ce prix la faveur déplorable
*D'être, loin d'un cruel, un peu moins misérable !
*Malgré tout le respect qu'on doit à ses aïeux ,
*De nos jours , ce scandale afflige moins nos yeux.
*Pourquoi? C'est que jamais un père de famille
*Ne donne son aveu sans l'aveu de sa fille.
*Aussi, j'ose le dire avec un juste orgueil,
*L'hymen , qui de l'amour jadis était l'écueil ,
*Semble aujourd'hui nourrir et ranimer les flammes,
*Et jamais on ne vit autant d'heureuses femmes !

M. FRÉMONT.

*C'est éloquent ! mais quoi? même en ces jours charmans
*Où l'hymen, selon vous , n'unit que des amans,
*On peut pourtant parfois s'épouser sans qu'on s'aime,
*Et vivre très-unis ! Vous le serez vous-même.

AMÉLIE.

*Non... En me mariant, je veux pouvoir chérir
*L'être à qui je remets mon bonheur à venir.

M. FRÉMONT.

*Vous voulez !.. Mais ici, *seul je commande en maître,
Et si vous l'oubliez , je le ferai connaître...

AMÉLIE.

Monsieur !..

(*) A la scène on passe le premier hémistiche.

M. FRÉMONT.

N'espérez pas voir par moi confirmé
Le projet insensé que vous avez formé...
Il faut vous résigner à l'hymen que j'ordonne.
Je le veux...

AMÉLIE.

Ciel! Henri! Je l'entends... je frissonne...

M. FRÉMONT.

Obéissez...

SCÈNE III.

LES MÊMES, HENRI.

HENRI, *entrant précipitamment.*

Non, non!... je réclame sa foi !

M. FRÉMONT.

Quoi donc? vous étiez là?

HENRI.

Mon père, écoutez-moi !
Oui, j'ai tout entendu de votre bouche même;
Je sais quelle est pour moi votre rigueur extrême !
Vous voulez m'enlever mon bonheur le plus doux...
Oh! non, n'achevez pas! Je tombe à vos genoux !

M. FRÉMONT.

Souffrir que vous osiez vous cacher pour m'entendre!
Laissez-moi... Votre audace a lieu de me surprendre.
Quel rôle jouez-vous?

HENRI.

Celui d'un malheureux

Accablé, perverti par son sort rigoureux.

Hélas ! pardonnez-moi si, quand je vous implore ,

Il me faut forcément vous irriter encore ;

Mais dussé-je augmenter ce funeste courroux ,

Je ne puis m'excuser qu'en me plaignant de vous.

Oui, vous m'avez traité, je souffre à vous le dire ,

D'une manière injuste et cruelle !

AMÉLIE.

O délire !

Que faites-vous , Henri ?

M. FRÉMONT.

Vous avez mérité

D'encourir ma disgrace et ma sévérité !

Vous devez accuser, non la rigueur d'un père ,

Mais les transports fougueux de votre caractère ,

Et tout autre que moi , peut-être moins long-temps ,

Eût souffert vos écarts et vos emportemens !

HENRI.

Eh ! bien , si j'ai failli, si mon ame égarée

Du respect envers vous trahit la loi sacrée,

Daignez me pardonner , mon père , et mes efforts

Ne seront appliqués qu'à réparer mes torts !

M. FRÉMONT.

Je vous ai déjà dit qu'ici votre présence,

Tout au moins indiscrète , et m'irrite et m'offense.

Laissez-moi , je le veux... Allez , retirez-vous ;

N'enflammez pas encor mon trop juste courroux.
HENRI.

Je ne vous quitte pas ! Non , il n'est pas possible
Qu'à l'ardeur de mes vœux vous restiez insensible !
Songez-y !.. tout mon sort dépend de cet instant !
Mon père, au nom du ciel qui nous voit , nous entend,
Je vous aimai toujours , je vous chéris encore ;
Rendez votre tendresse au fils qui vous implore !
AMÉLIE.

A cet accent si vrai laissez-vous émouvoir,
Oh ! rendez-vous, monsieur !..Craignez son désespoir.
M. FRÉMONT.

Qu'entends-je? quel discours ! Est-ce par la menace
Que de moi l'on espère obtenir une grace?
HENRI.

Non... non !.. mais daignez voir quel sacrifice affreux
Vous exigez d'un fils déjà trop malheureux !
Vous ne pouvez vouloir que mon cœur l'accomplisse ;
Non !.. car vous êtes père , et c'est une injustice !
Amélie !.. à vous perdre, eh ! quoi ! me condamner !..
Pardonner à ce prix , ce n'est pas pardonner ;
C'est ajouter encore aux peines que j'endure
Un nouveau châtiment , une peine plus dure !
Mon père , écoutez-moi !.. Je le sais , aujourd'hui,
Ce matin, me prêtant son tutélaire appui,
Pour défendre son fils ma vertueuse mère,
Pour la première fois, à vos vœux fut contraire.
Ah ! daignez approuver les plus tendres amours!
Ne m'ôtez pas l'espoir qui seul charme mes jours,

Tous mes droits à vos biens, je vous les abandonne ;
Et si ma mère encor, cette mère si bonne,
A nos désirs communs refuse d'accéder,
Moi-même, à ses genoux j'irai lui demander,
J'irai la supplier de rendre heureux mon frère !..
Je l'obtiendrai !..J'y cours...Le voulez-vous, mon père?

M. FRÉMONT.

Ainsi votre pouvoir, et de vous je le tiens,
Au cœur de votre mère est plus grand que le mien !
Je vous suis obligé de cette confidence !
Mais j'ignorais qu'un fils pût avoir l'impudence
D'imposer à son père une condition
Pour le favoriser de sa protection !
Cet excès d'insolence a passé la mesure.
Mais un mot suffira pour punir cette injure ;
Vous aimez Amélie, et ne l'obtiendrez pas.

AMÉLIE.

Ciel !.. qu'entends-je?..

HENRI.

      O mon Dieu, qu'ai-je donc fait, hélas?
Suis-je assez malheureux ? Quoi! lorsque je supplie,
Du désir de la paix quand mon ame est remplie,
Lorsque je vous conjure et veux vous attendrir,
Ma prière et mes pleurs ne font que vous aigrir !
Prenez pitié de moi !.. M'arracher Amélie !..
Oh ! ne le faites pas !.. c'est m'arracher la vie !

AMÉLIE.

Monsieur, vous l'avez dit, vous voulez mon bonheur !
Eh bien ! voilà celui qui possède mon cœur ;

Je l'aime, je l'avoue, ou plutôt j'en suis fière !
Le chérir, lui vouer mon existence entière,
C'est mon plus cher désir, mon espoir le plus doux,
C'est mon bonheur enfin, et je l'attends de vous !

HENRI.

A cet aveu touchant de l'ardeur la plus pure
Rendez-vous, rendez-vous, oh ! je vous en conjure,
Mon père !.. Trop long-temps c'est vouloir résister !..
Dans vos bras paternels tout prêt à me jeter,
Je n'attends plus qu'un mot ! daignez, daignez le dire !..

(Il s'approche, son père le repousse.)

Vous frémissez ! De moi votre cœur se retire !..
C'en est donc fait ! mes vœux, mes pleurs sont superflus.
Eh ! bien, fixez mon sort !.. Parlez ! ne suis-je plus
Votre fils ?

M. FRÉMONT.

Tu n'es plus à mes yeux qu'un rebelle !
Laisse du repentir la feinte criminelle,
Envieux et jaloux, tu ne sais que haïr,
Calomnier ton père, et lui désobéir !..
Tu n'es que plus coupable en étant moins sincère.
Sors, ne provoque plus mon ardente colère !

HENRI.

Ah ! c'en est trop !

AMÉLIE.

Henri, sachez vous posséder.

HENRI.

Non, non ; la patience à la fin doit céder.

Je n'ai rien désormais à respecter, à craindre ;
Mon cœur trop comprimé cesse de se contraindre ,
Et l'excès du malheur lui rend sa liberté.
O vous, qui m'accablez de votre autorité ,
Vous me deviez le cœur et tous les soins d'un père !
Avez-vous fait pour moi ce que vous deviez faire?

AMÉLIE.

Henri , Dieu ! quel discours et quels emportemens !

HENRI.

Persécuter un fils , l'accabler de tourmens ,
De son cœur ulcéré repousser la nature ,
Sont-ce là vos devoirs?

AMÉLIE.

     Sortez , je vous conjure !

M. FRÉMONT.

Qu'il parle ! que par lui mon devoir soit tracé!

HENRI.

L'ordre de la nature est ici renversé.
Père!.. Ce nom si beau, ce caractère auguste
Sont abjurés par vous , quand vous êtes injuste ,
Et le fils malheureux qui devait vous chérir
Se voit, en frémissant , contraint de vous haïr.

AMÉLIE.

O ciel!

M. FRÉMONT.

   As-tu fini?

AMÉLIE.

     Cessez , je vous implore!

HENRI.

Non , je n'ai pas tout dit ; il faut m'entendre encore.
J'ai souffert trop long-temps que d'un joug odieux
Le poids courbât ma mère opprimée à mes yeux ;
Il est temps qu'à la fin sa tête se relève,
Et que de ses douleurs l'orage éclate et crève.
Je dois cacher mes maux , et je les cacherai ;
Mais on saura les siens , c'est moi qui les dirai.
Oui, quand vous m'accablez, quand je n'ai plus de père,
Tout me devient permis pour défendre ma mère,
Et de ses longs chagrins je nommerai l'auteur.
Craignez alors , craignez la publique clameur,
Et n'accusez que vous, si cette voix sévère,
Des lois , des justes lois , éveillant la colère...

M. FRÉMONT.

Va donc, et de scandale ardent provocateur,
Devant les tribunaux sois mon accusateur,
Toi-même , charge-toi d'une si belle cause !
Qu'à l'avide public ton éloquence expose
Tous les torts dont ton père est coupable envers toi !
Fais frémir l'auditoire, en lançant contre moi
Le reproche, les cris, jusqu'à l'injure même !
Mais aujourd'hui du moins, entends ton anatheme,
Je te maudis !

AMÉLIE.

Ah ! Dieu !... C'est un fils égaré,
Mais c'est un fils !...

M. FRÉMONT.

Va , fuis, enfant dénaturé !

Fuis, emporte avec toi ta fureur impuissante,
La réprobation terrible, menaçante,
Qui toujours a pesé sur les enfans pervers,
Le vertige, l'effroi, la honte et les revers !

AMÉLIE.

Je tombe à vos genoux : pardon !

M. FRÉMONT.

Que je pardonne !

Jamais !

AMÉLIE.

Grace, monsieur !

M. FRÉMONT, *l'entraînant.*

Venez ; je vous l'ordonne.

SCÈNE IV.

HENRI, *seul.*

Quel arrêt !... Tout mon cœur en est épouvanté !...
Fuyons... Je suis maudit !... L'ai-je donc mérité ?

FIN DU TROISIÈME ACTE.

ACTE IV.

SCÈNE PREMIÈRE.

FERDINAND.

Le prix , et deux paris perdus !... Sotte journée !...
Plus un duel ! Avant qu'elle soit terminée ,
J'en aurai deux peut-être... Ah ! respirons un peu !...
Ils étaient dix contre un... Fussiez-vous cent, parbleu ,
Messieurs les envieux , je puis vous faire tête !
A qui veut me parler je tiens réponse prête...
Nous nous verrons demain !... Mais on vient.. .Taisons-nous.
Ma mère... évitons-la...

SCÈNE II.

FERDINAND , Mme FRÉMONT.

Mme FRÉMONT.

Demeurez...

FERDINAND.

Qui?... Moi !..

Mme FRÉMONT.

Vous !

FERDINAND.

Madame, vous pleurez !

Mme FRÉMONT.

Je ne puis m'en défendre.

FERDINAND.

Qu'est-ce donc? Qu'avez-vous?

Mme FRÉMONT.

Je m'en vais vous l'apprendre.
J'eus deux fils autrefois... Et l'un d'eux... juste ciel !..
Son frère !... il l'a chassé du foyer paternel !

FERDINAND.

Chassé? ciel !

Mme FRÉMONT.

Oui, chassé !... Mais dis, as-tu pu croire
Jouir impunément d'une telle victoire?

FERDINAND.

Comment ?

Mme FRÉMONT.

Tu t'es trompé, tu verras ma douleur,
Et tu seras puni, s'il te reste du cœur.
Regarde : sous tes yeux est ta mère éplorée ;
Par un chagrin profond son ame est déchirée ;
Tu tendais à ce but, et t'y voilà. Jouis !
Par-delà ton espoir tes vœux sont accomplis !

FERDINAND.

Cruellement blessé de cette plainte amère,
Il faut me rappeler que vous êtes ma mère,
Pour imposer silence à l'indignation

Que soulève en mon cœur cette accusation.
Quel tableau, juste ciel ! Suis-je un monstre, un barbare ?
Ah ! madame, à quel point la douleur vous égare !

Mme FRÉMONT.

Je ne dis rien de trop. Dans l'état où je suis,
Minée incessamment par de cruels ennuis,
Je ne puis supporter cette atteinte funeste.
De ma force expirante elle épuise le reste ;
Je ne résiste plus. Oui, ce chagrin nouveau,
Je ne le sens que trop, me conduit au tombeau,
Et c'est vous, c'est vous seul qui m'y ferez descendre.

FERDINAND.

Madame, épargnez-moi !

Mme FRÉMONT.

            Non, vous devez m'entendre.

FERDINAND.

Eh ! bien, n'écoutez donc qu'un aveugle transport.
Mais quand vous m'accusez de vous donner la mort,
Peut-être de la mienne aussi serez-vous cause.

Mme FRÉMONT.

Moi !

FERDINAND.

      Vous. Votre refus, savez-vous qu'il m'expose
A mille traits railleurs, mille brocards amers?
Savez-vous que, trompé dans mes vœux les plus chers,
Je suis sensible et fier, que je porte une épée,
Et que, la raillerie une fois échappée,
Il faut du sang?

Mme FRÉMONT.

Du sang !.. Et ton père, insensé?
Tout son bonheur en toi n'est-il donc pas placé?
Suis-je donc à ton cœur tout-à-fait étrangère?
Ne t'aimé-je donc plus? Ne suis-je plus ta mère?

FERDINAND.

Non, vous ne m'aimez plus. Henri seul, dès long-temps,
A vos vœux, votre amour, tous vos soins caressans.

Mme FRÉMONT.

Lui seul il les recherche. Il vient, dans sa tristesse,
Contre un chagrin cuisant implorer ma tendresse ;
Elle est son seul bonheur, sa consolation,
Et des torts paternels la réparation.
Deviez-vous envier à ce malheureux frère
Un dédommagement, hélas! si nécessaire,
Et pousser votre père, animé contre lui,
A l'éloigner de moi, de moi son seul appui?

FERDINAND.

Me punisse le ciel, si ce désir infame,
Jamais un seul moment, est entré dans mon ame!
J'ai pu haïr mon frère ; oui, jeune, ambitieux,
Avide des honneurs où tendaient tous mes vœux,
Je souffrais, je l'avoue, avec impatience
Ce Henri, seul auteur de votre résistance,
Dont l'orgueil offensé, dont les conseils jaloux
A rompre mes desseins vous poussaient malgré vous.
Mais ce titre honorable, objet de mon envie,
Ce titre, où j'attachais le bonheur de ma vie,

M'eût semblé méprisable et trop cher acheté ,
S'il l'eût fallu payer par une lâcheté.

Mme FRÉMONT.

Eh bien ! prouvez-le-moi. Vous seul pouvez d'un père
Obtenir qu'il révoque un arrêt trop sévère ;
Obtenez-le , vous dis-je, ou je ne vous crois pas.

FERDINAND.

Je le ferai, madame, et j'y vais de ce pas.

Mme FRÉMONT.

Est-il vrai, Ferdinand?

FERDINAND.

     Ah ! ce doute m'accable !
D'un noble mouvement , je ne suis plus capable !
Ma mère !.. il est trop vrai, j'ai pu vous offenser ;
Mais d'un fils à ce point deviez-vous mal penser?

Mme FRÉMONT.

Mon fils ! eh ! bien mon fils !...

FERDINAND.

     Fussé-je plus coupable,
Mon âge eût à vos yeux dû me rendre excusable.
Mon frère me nuisait , je pouvais le braver,
Mon frère est malheureux , et je dois le sauver;
Voilà ce que j'ai fait et ce que je vais faire ;
Et, pour me mieux juger, j'en appelle à ma mère !

Mme FRÉMONT.

Ah ! moi seule, mon fils , j'eus des torts envers toi !
Mais combien noblement tu te venges de moi !
Oui , je t'ai mal connu, je l'avoue à ma honte.

D'une trop longue erreur, reçois justice prompte.
Naguère en châtiment, je t'offrais ma douleur ;
Jouis, pour te venger, jouis de mon bonheur !
Mon fils, mon Ferdinand, va, jamais sur notre ame
Un fils ne perd ses droits ; et lorsqu'il les réclame,
Dans le cœur maternel, l'eût-il désespéré,
L'enfant que l'on retrouve est l'enfant préféré !

FERDINAND.

O combien il est doux cet amour d'une mère !
Je veux le mériter… je cours chercher mon frère,
Bientôt, n'en doutez pas, tous deux nous reviendrons,
Nous supplierons mon père, et nous le fléchirons.

SCÈNE III.

Mme FRÉMONT, seule.

Pour nous va commencer une nouvelle vie,
Et dans cette maison si long-temps désunie,
Vont régner la concorde et la douce amitié.
O jour que mes chagrins n'auront pas trop payé,
Quand je verrai mes fils échanger leurs tendresses
Et tous deux, sur mon sein, partager mes caresses !

SCÈNE IV.

Mme FRÉMONT, M. FRÉMONT.

M. FRÉMONT.

Eh bien ! madame, eh bien ! votre exemple est suivi ?

Votre fils en profite...

Mme FRÉMONT.

Ah ! n'est-il pas puni ?
Seul, errant, poursuivi d'un terrible anathème,
Que va-t-il devenir ?

M. FRÉMONT.

Qu'il s'en prenne à vous-même.

Mme FRÉMONT.

A moi, monsieur !..

M. FRÉMONT.

A vous, dont l'obstination
L'encourage et l'excite en sa rébellion.
Madame, j'ai vraiment des graces à vous rendre
Des discours qu'aujourd'hui ce fils m'a fait entendre.
Oui, vous seule inspiriez son ardent plaidoyer,
Madame, et c'est à vous de le justifier.

Mme FRÉMONT.

Dans son trouble mortel, pouvait-il se connaitre ?
De lui, de ses transports, pouvait-il rester maitre ?
Déjà depuis long-temps, hélas ! il ne l'est plus.
Votre longue rigueur, ses chagrins assidus,
Ont aigri, corrompu son heureux caractère ;
Sa raison elle-même et se trouble et s'altère.
Qu'a-t-il donc fait ? Comment a-t-il donc mérité
Cet excès de rigueur et de sévérité ?

M. FRÉMONT.

Certes, je suis injuste, et sa faute est légère...
Quoi donc ?.. des tribunaux il menace son père !..

5

Mme FRÉMONT.

O ciel ! il aurait pu !..

M. FRÉMONT.

Madame , ce n'est rien...
C'est un moyen tout simple ; et je comprends fort bien
Que vous lui pardonniez cette marque de zèle...
Mais que dis-je ? Pourquoi l'amitié maternelle
Ne range-t-elle pas vos crédules esprits
Aux conseils si prudens de cet excellent fils ?
Pourquoi, retentissant d'une honteuse plainte ,
Les tribunaux ?..

Mme FRÉMONT.

Monsieur , n'ayez pas cette crainte.
De mon sort , quel qu'il soit, si j'avais à gémir,
Je gémirais dans l'ombre , et saurais le souffrir.

M. FRÉMONT.

N'affectez pas , madame, un si beau caractère...
Je sais, n'en doutez pas , ce que vous comptez faire...
Victime en ma maison, sous mon autorité ,
Reprenez , reprenez entière liberté ;
Je vais quitter ces lieux où vous étiez esclave,
Agissez contre moi désormais sans entrave ,
Je sors de ma maison, j'en suis banni par vous ,
Madame , et le public sera juge entre nous.

Mme FRÉMONT.

O ciel !..

SCÈNE V.

LES MÊMES, UN DOMESTIQUE.

LE DOMESTIQUE.
Monsieur Henri fait tenir cette lettre
Pour madame.

M. FRÉMONT.
Donnez.

(*Le domestique sort.*)

SCÈNE VI.

M. FRÉMONT, Mme FRÉMONT.

Mme FRÉMONT.
                    Veuillez me la remettre ,
Elle s'adresse à moi !..

M. FRÉMONT.
                    Non... je suis curieux
De la lire moi-même , et de voir de mes yeux
Comment un fils coupable ose traiter son père.

Mme FRÉMONT.
Hélas ! tout est perdu !.. Son aveugle colère
Va détruire à jamais tout l'effet de mes soins.

M. FRÉMONT.
Malheureux...

Mme FRÉMONT.
Qu'est-ce donc ?

M. FRÉMONT.

Je n'attendais pas moins.

Mme FRÉMONT.

Donnez...

M. FRÉMONT.

Non... écoutez...

(*Il lit.*)

...... « Quelque violent que soit le parti que
» je vous propose , il est le seul que vous deviez
» embrasser. Venez, ma mère, osez secouer un joug
» trop pesant... Je respecte encore l'ordre qui m'a
» banni, je vous attends à la porte du jardin... mais
» si, dans un instant, je ne vous vois pas paraître,
» je croirai que la violence vous retient, et j'irai
» moi-même vous chercher...»

Des conseils qu'il vous donne
Que dites-vous?

Mme FRÉMONT.

Hélas ! sa raison l'abandonne ,
Ayez pitié de lui...

M. FRÉMONT.

Madame, il n'est plus temps !
Qu'il vienne vous chercher... qu'il vienne... je l'attends.

Mme FRÉMONT.

O ciel! y pensez-vous? affronter sa démence !

M. FRÉMONT.

Je veux voir à quel point ira son insolence !
Je le veux !

Mme FRÉMONT.

Ah ! monsieur , je tombe à vos genoux...
Laissez-moi seule ici... De grace , éloignez-vous...

M. FRÉMONT.

Quoi donc? de me braver , votre fils a l'audace ,
Madame, et c'est à moi de lui céder la place !..

Mme FRÉMONT.

Songez-vous quels malheurs... O moment plein d'effroi !
Monsieur ! ah! mon ami ! prenez pitié de moi...
Oui, votre cœur est bon... Oui, vous m'aimez encore ,
Ne me refusez pas la grace que j'implore.

M. FRÉMONT.

Oui, par égard pour vous , je sors... De ma fureur
Je ne serais pas maître...

(Il sort.)

Mme FRÉMONT, un moment seule.

Ah ! calmons ma terreur !..

SCÈNE VII

Mme FRÉMONT, HENRI.

Mme FRÉMONT.

Que cherchez-vous ici?

HENRI.

Dieu ! quel accueil !.. Ma mère !

Mme FRÉMONT.

Que voulez-vous ? Parlez...

HENRI.

            Vous sauver, vous soustraire
Au joug qui vous accable...

        Mme FRÉMONT.

            Et quels sont donc vos droits,
Insensé, pour prétendre à m'imposer des lois?
Ici, jusqu'à présent je n'ai connu qu'un maître,
Le mien... le vôtre... Un fils a pu le méconnaître;
Mais les devoirs par lui trahis, foulés aux pieds,
Jamais, jamais par moi ne seront oubliés.
Sortez.

            HENRI.

    Ecoutez-moi.

        Mme FRÉMONT.

        Je ne veux rien entendre.

            HENRI.
Ainsi je suis coupable en voulant vous défendre!

        Mme FRÉMONT.
Coupable mille fois.

            HENRI.

        Et du sein maternel
Vous me chassez !

        Mme FRÉMONT.

        J'ordonne à l'enfant criminel
D'obéir à son père, et d'attendre en silence
Que le jour soit venu d'implorer sa clémence.
Sortez.

HENRI.

Non, je ne puis.

Mme FRÉMONT.

Sortez, obéissez ;

Je le veux.

HENRI.

Vous, ma mère !.. Ah ! Dieu ! vous me chassez !..

Mme FRÉMONT.

Si ton père venait !.. Sors donc... je te l'ordonne...

(à part)

Sors !.. Je vais succomber... la force m'abandonne.

(*Elle sort.*)

SCÈNE VIII.

HENRI *seul.*

Ma mère ! Eh quoi ! par vous abandonné... trahi !..
Comme elle m'a traité !.. Ma mère !.. et vous aussi !..
C'en est trop !... Vous mettez le comble à ma misère !
Je n'y survivrai pas !... Oui, je cours vers mon père...
Il triomphe à présent !.., Pour son fils il obtient
Mes dépouilles, mon bien, celle qui m'appartient !..
Je corromprai sa joie... A ce cœur insensible
Je veux, pour me venger, porter un coup terrible !..
M'immoler sous ses yeux !.. Oui, j'y cours de ce pas.

SCÈNE IX.

HENRI, FERDINAND.

FERDINAND.

Je te cherchais, Henri.

HENRI.

Je ne te cherchais pas !
Non !.. J'aurais supplié la colère céleste
De t'éloigner de moi dans ce moment funeste !..

FERDINAND.

J'eus des torts envers toi, je veux le déclarer ;
Mais j'ai le temps encor, je puis les réparer.
Viens, suis-moi. Tous les deux allons trouver mon père.
Jetons-nous à ses pieds ; mon ardente prière
De son cœur, j'en suis sûr, trouvera le chemin ;
Viens, et s'il m'aime encor, ton pardon est certain.

HENRI.

Ainsi donc à ses pieds tu veux traîner ta proie !..
Ferdinand ! Pour ton cœur ce serait trop de joie !
Je prétends me venger... entends-tu ?.. me venger !..
Tu frémis !

FERDINAND.

Près d'un frère un frère est sans danger.

HENRI.

Tu n'es plus rien pour moi. Les nœuds de la nature
Sont rompus entre nous par ta dernière injure.
Sortons...

FERDINAND.

Pourquoi ?..

HENRI.

Sortons... oui, sortons à l'instant...
Il faut...

FERDINAND.

Je t'ai compris... mais un autre m'attend.

HENRI.

Qui ?

FERDINAND.

Morinval.

HENRI.

Et quand ?

FERDINAND.

Chez lui je dois me rendre
Au point du jour, demain.

HENRI.

Demain ! C'est trop attendre !

FERDINAND.

Un frère !.. Quoi !.. Tu veux ?

HENRI.

Me venger... Viens... Partons ,
Ou tu n'es plus qu'un lâche...

FERDINAND.

Ah !.. sois content... sortons.

SCÈNE X.

LES MÊMES, Mme FRÉMONT.

Mme FRÉMONT.

Où courez-vous ?

HENRI *atterré*.

Ma mère !..

Mme FRÉMONT.

O crime !.. O jour d'alarmes !
Des frères !.. Malheureux !.. Que cherchez-vous ? Des armes !
Prenez-en... hâtez-vous... et donnez à mes yeux
De cet affreux combat le spectacle hideux !

FERDINAND.

Ma mère !..

Mme FRÉMONT.

Ferdinand !... Quoi! vous, qui tout à l'heure
Promettiez dans mes bras !..

FERDINAND.

Que sous vos yeux je meure
Si je vous ai trompée !.. Ah! le ciel m'est témoin
Que de moi, de mes jours je n'aurais pas pris soin.
Sa haine dans mon sang voulait être assouvie ;
J'aurais à sa fureur abandonné ma vie !

HENRI.

Que dis-tu?.. Se peut-il?..

FERDINAND.

Dieu me voit et m'entend !..

(*à sa mère*)
Je vous laisse avec lui ; qu'il vous en dise autant !

SCÈNE XI.

Mme FRÉMONT, HENRI.

Mme FRÉMONT.

Non, je ne croirai pas que toi seul sois coupable !..
Tu n'as pas seul conçu ce projet exécrable...
Dis-moi qu'en même temps aveuglés, furieux...
Vous couriez vous venger... N'est-il pas vrai? Tous deux...

HENRI.

Non ! Moi seul, animé d'une infernale rage ,
J'ai voulu...

Mme FRÉMONT.

Malheureux !

HENRI.

Mon frère !.. Et l'on t'outrage !
Dieu ! je le vois encor, pour moi plein de pitié,
S'émouvoir, s'attendrir, m'offrir son amitié !
Mais moi, sourd, moi, des yeux dévorant ma victime,
Je veux l'assassiner !.. Et, chargé de ce crime ,
Je vivrai, pour traîner des jours infortunés
Aux remords dévorans justement condamnés !
Plutôt mourir cent fois !

Mme FRÉMONT.

O funeste délire !

Henri !..

HENRI.

Dieu ! quel projet!.. C'est le ciel qui m'inspire!..
Oui, je puis m'acquitter, je le dois, je le veux ..
Morinval, as-tu dit?.. Frère trop généreux,
Je t'y devancerai, cet espoir me console ;
Avant la fin du jour il me verra; j'y vole.

Mme FRÉMONT.

C'est en vain que tu veux t'arracher de mes bras.

HENRI.

Rien ne peut m'arrêter.

Mme FRÉMONT.

Je m'attache à tes pas.

FIN DU QUATRIÈME ACTE.

ACTE V.

SCÈNE PREMIÈRE.

FERDINAND, un domestique.

FERDINAND.

Eh! quoi !.. personne ici !.. Qu'est devenu mon frère?

LE DOMESTIQUE.

Il est sorti, monsieur.

FERDINAND.

Seul?

LE DOMESTIQUE.

Suivi par sa mère.

FERDINAND.

Ah ! ce mot me rassure... Amélie?..

LE DOMESTIQUE.

Avec eux

Elle est sortie aussi.

FERDINAND.

C'est assez... En ces lieux,

Dès qu'ils seront rentrés, priez-les de se rendre.

SCÈNE II.

FERDINAND, *seul.*

J'ai la nuit tout entière, et je puis les attendre...
Oui, je veux les revoir, me jeter dans leurs bras;
Si mon frère eut des torts, je ne m'en souviens pas.
Oublions, oublions cette funeste scène.
Qu'une franche amitié dans tes bras nous ramène,
O ma mère!.. Achevons ce que je t'ai promis!..
Ils ne reviennent pas!.. Pourquoi sont-ils sortis?
Quel motif à présent?.. On vient... Ah! c'est mon père!
Je veux lui rendre un fils et recouvrer un frère.

SCÈNE III.

FERDINAND, M. FRÉMONT.

M. FRÉMONT.

Mon fils, mon Ferdinand!.. C'est toi!.. Je te revois!..
Laisse-moi dans tes bras rassurer mon effroi!

FERDINAND.

Juste ciel!.. vous sauriez?..

M. FRÉMONT.

     O fureur effrénée!
Quoi!.. son frère!.. O douleur! si sa main forcenée
M'eût privé de mon fils, mon espoir, mon orgueil!

FERDINAND, *à part.*

Et peut-être demain!..

M. FRÉMONT.

          O crime ! ô jour de deuil !
D'un chagrin si cruel accabler ma vieillesse !
Me frapper dans l'objet de toute ma tendresse !
J'en serais mort !

FERDINAND.

Mon père !

M. FRÉMONT , *l'embrassant de nouveau.*

               O mon fils !.. ô bonheur !

FERDINAND , *à part.*

Chaque mot qu'il me dit, me déchire le cœur.

M. FRÉMONT.

Que devant moi jamais Henri ne reparaisse !

FERDINAND.

Eh ! quoi ! s'il revenait ?..

M. FRÉMONT.

               Qu'il s'éloigne et me laisse !

FERDINAND.

Si, plein de repentir, il venait à vos pieds
Implorer son pardon !.. Vous le repousseriez ?..

M. FRÉMONT.

Je n'ai plus de pitié pour un fils si coupable.

FERDINAND.

Mais si j'avais rendu sa fureur excusable !..

M. FRÉMONT.

Toi !

FERDINAND.

Moi... Peut-être vous aussi...

M. FRÉMONT.

         Qu'entends-je? ô ciel !

FERDINAND.

Par un funeste abus de l'amour paternel ,
Assemblant sur moi seul toute votre tendresse ,
Vous m'avez fait nourrir des rêves de noblesse !..
Dans mon cœur égaré germa l'ambition.
Entre mon frère et moi dès lors plus d'union...
Vous m'avez trop aimé !

M. FRÉMONT.

        Quoi ! c'est celui-là même
Pour qui je faisais tout !.. O justice suprême !..
Ingrat !.. Quel triste fruit de mes bontés pour toi !

FERDINAND.

Pardon... je m'égarais , et n'accuse que moi !..
De toutes vos bontés je sens le prix insigne ;
Mais Henri, comme moi, n'en était-il pas digne ?
Le ciel à votre amour nous fit des droits égaux ;
Il a , de plus que moi, son zèle et ses travaux.
Si son cœur, accablé d'une rigueur trop dure ,
Fut sourd, pour un moment , au cri de la nature ,
Cette voix dans son sein a déjà retenti ;
Il l'entend , il se juge, il est assez puni !
Dans le cœur paternel , ah ! rendez-lui sa place,
Mon père !.. à vos genoux je demande sa grace.

M. FRÉMONT.

Eh ! qui me répondra, dis-moi , que ma bonté
Ramène à son devoir cet esprit révolté ?

FERDINAND.

Quel garant voulez-vous que cette bonté même?
Offensons-nous jamais un père qui nous aime?
Ouvrez-lui votre cœur , et je réponds de lui.
Aimez-le , vous allez le voir , dès aujourd'hui ,
Vous chérir , et n'avoir de bonheur que le vôtre.
Vous nous verrez voler dans les bras l'un de l'autre ,
Heureux , puisqu'au lieu d'un vous aurez deux enfans!
Vous vous attendrissez...

M. FRÉMONT.

       Tu le veux, je me rends.
Mais j'entends qu'un pardon, qui sera ton ouvrage ,
De ton bonheur du moins soit aujourd'hui le gage.
Que mes vœux soient remplis, et tout est oublié ;
J'y consens.

FERDINAND.

     Vous n'avez pardonné qu'à moitié.

M. FRÉMONT.

Eh! quoi ! Que veux-tu donc?

FERDINAND.

       Obtenir plus encore.

M. FRÉMONT.

Achève.

FERDINAND.

    Accordez-moi la faveur que j'implore.
Qu'entre mon frère et moi la plus stricte équité
Assure de nos droits l'entière égalité.

                 6

M. FRÉMONT.

Quoi! tu veux renoncer?..

FERDINAND.

A toute préférence.
Notre bonheur commun sera ma récompense.

M. FRÉMONT.

Je ne puis; on m'attend. On doit signer, ce soir,
L'acte qui te rendra possesseur de Valnoir.

FERIDNAND.

A cette réunion, mon père, il faut vous rendre;
Achetez, mais pour vous; je n'y veux rien prétendre.

M. FRÉMONT.

Ainsi mon plus cher vœu par toi sera trahi !

FERDINAND.

Ah ! je vous trahissais, si j'avais obéi!..
Frère dénaturé, je dépouillais mon frère;
Fils ingrat , au tombeau j'aurais poussé ma mère !..
Etre noble à ce prix !.. Misérable avenir !..
Il en est un plus beau que je puis obtenir.
Je n'usurperai point une injuste opulence;
Je porterai mon nom, et veux par ma vaillance
Lui donner, quelque jour, du lustre et de l'éclat :
L'étoile de l'honneur vaut mieux qu'un majorat !

M. FRÉMONT.

Eh bien ! il faut céder... Ce beau trait, qui t'honore,
De toutes mes bontés te rend plus digne encore.
Mais tu veux marcher seul au chemin de l'honneur,

Et ne devoir qu'à toi tes titres, ta grandeur !
J'en accepte l'augure , et vais te satisfaire.

FERDINAND.

Avant de nous quitter, embrassez-moi, mon père !
(*Ils s'embrassent ; M. Frémont sort.*)

SCÈNE IV.

FERDINAND *seul.*

Allons, je suis content... Oui, ce moment est doux !
Ma mère, votre fils est digne enfin de vous !

SCÈNE V.

FERDINAND , AMÉLIE *en dehors.*

AMÉLIE.

Ferdinand !.. Ferdinand !..

FERDINAND.

> C'est la voie d'Amélie !

AMÉLIE.

Ferdinand, hâtez-vous ; courez, je vous supplie ;
Courez, sauvez Henri.

FERDINAND.

> Le sauver !.. Et comment ?

AMÉLIE.

Honteux, désespéré de son égarement,
Il veut... il veut, ce soir, se battre à votre place.

FERDINAND.

Mon frère !.. Ah ! prévenons sa généreuse audace.

SCÈNE VI.

AMÉLIE, *seule*.

Cher Henri, puisse-t-il encor te devancer !..
Quel vœu !.. Je tremble, hélas ! de le voir exaucer !

SCÈNE VII.

AMÉLIE, M. FRÉMONT.

M. FRÉMONT.

Qu'avez-vous, Amélie ?

AMÉLIE.

　　　　　Ah ! monsieur, votre vue
M'a troublée...

M. FRÉMONT.

　　　　　En effet, vous paraissez émue...
Que dis-je ? dans vos yeux je crois voir de l'effroi...
Qu'est-ce donc ? Répondez.

AMÉLIE.

　　　　　Monsieur, permettez-moi
De me retirer.

M. FRÉMONT.

　　　　　Non. Demeurez, je vous prie.
Tout est changé pour vous. Oui, ma chère Amélie,
Remettez-vous ; calmez, rassurez votre cœur.

C'en est fait, Ferdinand a fléchi ma rigueur;
Il priait pour son frère, il a fallu me rendre;
Je pardonne à Henri.

AMÉLIE.

Ciel! que viens-je d'entendre?

M. FRÉMONT.

Je fais plus; je permets que, cédant à ses vœux,
Vous formiez cet hymen qui doit le rendre heureux.

AMÉLIE.

O bonheur! ô moment de pure jouissance!
Ah! monsieur, quel amour, quelle reconnaissance
Paieront un tel bienfait!.. Qu'ai-je dit?.. O terreur!

M. FRÉMONT.

Quoi donc?.. qui peut encor causer cette frayeur?

AMÉLIE.

Puisse votre bonté n'être pas trop tardive!

M. FRÉMONT.

Quel doute! expliquez-vous... Quelle crainte si vive
Vous égare?

AMÉLIE.

Ah! monsieur, vous avez dû savoir
A quel funeste excès un cruel désespoir
Avait poussé Henri!..

M. FRÉMONT.

Tout mon cœur en frissonne!
Ne le rappelez pas, puisque je lui pardonne.

AMÉLIE.

Honteux de sa fureur, il apprend que demain

Ferdinand doit se battre...

M. FRÉMONT.

O ciel ! mon fils ?

AMÉLIE.

Soudain

Il s'arrache des bras de sa tremblante mère ;
Il court, il va chercher l'ennemi de son frère...
En ce moment peut-être... Ah ! qu'est-ce que j'entends ?

SCÈNE VIII.

LES MÊMES , Mme FRÉMONT.

AMÉLIE.

Ma mère !.. Ah ! c'en est fait !..

(*Elle tombe évanouie.*)

Mme FRÉMONT.

Mes enfans !.. mes enfans !

Morinval !.. Ah ! barbare !.. ah ! quelle horrible rage !
Otez-moi donc du moins de ce champ de carnage.

M. FRÉMONT.

Madame... au nom du ciel... rappelez vos esprits...

Mme FRÉMONT.

Morinval... Je l'ai vu... le monstre... mes deux fils !..
Henri d'abord... il tombe... A son secours s'élance
Ferdinand... La fureur... Il tombe sans vengeance.

M. FRÉMONT.

Ah ! je n'ai plus de fils !..

Mme FRÉMONT.

Morts tous deux... sous mes yeux...
Oui, tous deux, l'un pour l'autre... et sous mes yeux... tous deux...!

M. FRÉMONT.

Ah !.. Mais non... la douleur peut-être vous égare ;
Peut-être on peut encor les sauver !

Mme FRÉMONT.

Toi, barbare,
Les sauver !.. les tuer... C'est toi qui, dans leurs cœurs,
Fis germer la discorde et toutes ses fureurs !
Oui, tu n'aimas que toi ; ton aveugle tendresse
N'eut que l'orgueil pour but, et ne fut qu'une ivresse !
Des fils !.. Toi ! Non... non... Morts !..

M. FRÉMONT.

Je l'ai bien mérité !
Le voile se déchire... une affreuse clarté
Pénètre en traits brûlans jusqu'au fond de mon ame !
Vous, que j'ai méconnue, ô respectable femme,
Qui d'un si pur amour chérissiez vos deux fils,
A votre cœur brisé c'est moi qui les ravis :
Haïssez leur bourreau !

Mme FRÉMONT.

Vous haïr ! vous !.. leur père !..
Et qui vous restera, si vous perdez leur mère !
Non... J'ai béni mes fils... Ils sont morts en s'aimant !
Le ciel, qui m'a donné, dans cet affreux moment,

La force de souffrir le coup que je supporte,
Daignera m'assister, et me rendre assez forte
Pour dévorer ma peine et calmer vos tourmens...
Si l'on peut consoler qui perd tous ses enfans !

FIN DU CINQUIÈME ACTE.